Glücksgefühl

Karolin Kolbe, 1993 in Kassel geboren, denkt sich Geschichten aus, seitdem sie Kassetten aufnehmen und Buntstifte halten kann. Mit der Grundschulzeit begann das Aufschreiben und lässt sie nun nicht mehr los. Nach ihrem Abitur zog sie für ein Freiwilliges Ökologisches Jahr nach Berlin, wo sie nun studiert. Die Autorin liebt interessante Menschen, gute Gespräche, spannende Bücher und Filme, bunte Farben, blühende Natur und die Sonne.
www.karolin-kolbe.de

Weitere Titel von Karolin Kolbe:

17 Briefe oder der Tag, an dem ich verschwinden wollte

School's out – Jetzt fängt das Leben an!

Granatapfeltage – Mein Roadtrip quer durch Spanien

Mehr über unsere Bücher, Autoren und Illustratoren auf:
www.planet-verlag.de

Karolin Kolbe

GLÜCKS GEFÜHL

PLANET!

*Mit großem Dank an die WG von Alexandra, Florian und Max und die Möglichkeit, ein bisschen in das Leben werdender Schauspieler*innen zu blicken.*

Teil 1
Spätherbstwind

Teil 2
Frühlingsgefühle

Teil 3
Sommerhoch

1.

Mein größtes Talent besteht darin, das Leben anderer Leute zu leben.

Wenn ich Bus fahre, lese ich die Nachrichten mit, die fremde Menschen in ihre Handys tippen. In der U-Bahn höre ich aufmerksam zu, sobald jemand diskret versucht, ein Telefonat zu führen. Betrachte ich Werbeplakate, kann ich die Straße durch die Augen der abgebildeten Models sehen und wenn eine Freundin Liebeskummer hat, weine ich manchmal mehr als sie selbst.

Wenn man mich dann aber fragt, was ich so für ein Mensch bin, was mir gefällt und was mir in meinem Leben wichtig ist, dann werde ich stumm, beginne zu stottern oder ziehe mich mit einer Gegenfrage aus der Affäre. Ich habe nie bemerkt, dass ich so bin. Bis sich diese Fähigkeit als unfassbarer Vorteil entpuppte.

Es begann mit einer Wette. Ich saß im Bus, ein Buch auf den Knien und Kopfhörer in den Ohren. Ich hatte das Buch schon mindestens drei Mal gelesen, denn beim Lesen begleitet mich das Gefühl, mit jedem Mal könnte ich die Protagonistin besser verstehen, mich in sie reinfühlen, ein Stück weit sie werden. Auf das Buch konnte ich mich kaum konzentrieren. Viel spannender war die Nachricht, die die rothaarige Frau auf dem Sitz vor mir in ihr Smartphone tippte. *Bin gleich zu Hause, Schatz. Hast du schon Mittag gegessen?*

Schrieb sie an ihren Mann, Freund, Freundin, Sohn, Tochter? Aufmerksam blickte ich auf das große Display.

Nudeln mit Tomatensoße. Ist noch etwas übrig, wenn du Hunger hast.

Hm, das war ein Essen, das auch jedes Kind zubereiten konnte.

Alles klar. Bis später! Und nicht zu viel Computerspielen!

Vermutlich wirklich ihr Kind.

Der Bus ruckelte, als er über Kopfsteinpflaster fuhr und das Buch rutschte zu Boden. Ich ließ mich auf die Knie sinken und kroch zwischen die Sitze, bis ich es mit meinen Fingerspitzen erreicht hatte und hochzog. Dann setzte ich mich wieder auf meinen harten Sitz und versuchte, mein langes Haar in Ordnung zu bringen.

Ob sie wohl von der Arbeit nach Hause kam? Vielleicht war sie Künstlerin. Die bunte Jacke würde passen. Sie war sicher alleinerziehend und ihre Kinder, vielleicht zwei, kochten häufig mittags. Sie hatte sich von ihrem Mann getrennt, weil er ein egozentrischer Filmregisseur war, der sich weder für sie noch für die gemeinsamen Kinder interessiert hatte, und jetzt führte sie endlich das emanzipierte Leben, das sie für ihn aufgeben musste: eine selbstständige Schmuckdesignerin, die ihren Lebensunterhalt verdiente und ihre Kreativität vollkommen ausleben konnte. Eine wirklich spannende Frau!

Beim Nachdenken darüber, was sie wohl für ein Leben führte, verpasste ich fast meine Haltestelle. Als ich aus der Bustür stürzte, sah ich gerade noch, dass meine Künstlerin ein junger Mann mit langen Haaren und einem Stethoskop um den Hals war.

Ich bin den Weg von der Haltestelle bis zu Coras Haus bestimmt schon über tausend Mal gelaufen. Unsere Mütter kennen sich noch aus dem Geburtsvorbereitungskurs, arbeiten in derselben Schule und feiern ihre Geburtstage zusammen, weil sie nur einen Tag auseinanderliegen. Meistens ist es eine Sommergrillparty am Abend für meine Mutter und ein Reinfeiern für Coras Mutter. Bis zur vierten Klasse waren Cora und ich gemeinsam in einer Grundschulklasse, doch dann ging sie aufs Gymnasium und ich auf eine Gesamtschule. Befreundet waren wir seitdem trotzdem noch. Mit Helene, Coras Nachbarin, bildeten wir ein ganz gutes Dreiergespann.

Ich streifte mit den Fingerspitzen die kahlen Ästchen der Hecke – in meinen Ohren die Musik von *Kill Bill*, meine Schritte im Takt der Musik.

Cora wohnte ein wenig am Stadtrand, umgeben von Bäumen und anderen großen Häusern. Die Leute hier hatten Geld, das sah man schon den Gartenzäunen und Briefkästen an, und auch beim Haus von Coras Eltern wird sofort klar, dass sie sich um Finanzielles keine Sorgen machen müssen.

Als ich ankam, nahm ich die Stöpsel aus den Ohren und packte mein Handy sorgfältig in die Tasche. Ich atmete tief durch und schloss kurz die Augen, bevor ich auf den Klingelknopf drückte. Manchmal brauchte ich einen Moment, ehe ich mich wieder in der Welt der anderen zurechtfand.

Cora und Helene saßen bereits auf dem Sofa, eine Tasse Kakao in der Hand, in Decken geschlungen und einen Haufen DVDs auf dem Wohnzimmertisch vor sich. Sie kicherten über irgendetwas, und als ich reinkam, rief Helene: »Nike! Meine göttliche Sportskanone!«

Ich ließ mich nur zu einem matten Lächeln herab. Scherze über meinen Namen begleiteten meinen Alltag, seitdem Boris aus der ersten Klasse beim Sportunterricht mit seinen *Nike*-Turnschuhen prahlte. Während mein Vater meinte, ich solle stolz darauf sein, nach der griechischen Siegesgöttin benannt zu sein, bestand die Realität eher aus Witzeleien über die englische Aussprache meines Vornamens und meiner dazu im Kontrast stehenden Unsportlichkeit. Anstrengend, aber nicht bösartig.

Cora war bereits dabei, die DVD-Hüllen hin und her zu schieben. »Worauf habt ihr Lust: Liebesschnulze, Art House, oder amerikanischer Tanzfilm?«

Obwohl wir nicht dieselbe Schule besuchten, trafen wir drei uns regelmäßig zu DVD-Abenden. Wahrscheinlich sind sie das, was ich am ehesten als beste Freundinnen bezeichnen könnte. Objektiv würde ich aber sagen, wir haben die Beziehungen von guter Bekanntschaft oder entfernterer Freundschaft.

Ich war für Art House, die anderen für den amerikanischen Tanzfilm. Somit wurde ich überstimmt, doch das war nicht schlimm. Eigentlich mochte ich alle Filme, denn jeder Film hat immer eine Rolle, zu der ich mir eine Hintergrundgeschichte, ein Vorleben ausdenken kann.

Helene drückte mir einen Kakao in die Hand und schmiss mir eine Decke rüber.

»Nicht kleckern!«, sagte Cora, während sie die DVD einlegte. »Meine Mutter bringt mich sonst um!«

Die Sofagarnitur war schneeweiß und ich beugte mich lieber Richtung Glastisch, um auf keinen Fall Schokoladenflecken zu hinterlassen.

Coras perfekt geschnittener hellblonder Bob hob sich kurz, als sie sich zurück zum Fernseher drehte, ein riesiger Flachbildschirm, der jeder Kinoleinwand Konkurrenz machte.

»Bereit?«

Helene nickte begierig, schob ihre Brille auf die Nase und grapschte nach ihrer Tasse, deren Inhalt gefährlich bis zum Rand schwappte.

Cora drückte auf Play und die nächsten zwei Stunden dröhnten Hip-Hop-Beats aus allen vier Ecken des Raumes, und ich war vollkommen versunken in die Welt der Tänzerin, die ihrem Traum, mit New Yorker Straßenkindern zu tanzen, trotz aller Widrigkeiten nachging.

2.

Erst als der Abspann des Filmes über den Bildschirm lief, erwachte ich aus der Trance, die mich jedes Mal ergreift, sobald ich in eine Geschichte gesogen werde. Noch immer hatte ich meine Kakaotasse in der Hand, aber seit den ersten Tönen der Musik nichts mehr getrunken. Jetzt war der Kakao kalt und trotzdem noch lecker.

»Wow!«, sagte Helene beeindruckt und schüttelte ihren blonden Lockenkopf.

»Sie ist so cool!«

»Ja«, erwiderte Cora und zupfte an ihrem geraden Pony, »sie ist auch im echten Leben supercool: Schauspielerin, Choreografin, Tänzerin, Model …«

Cora hatte schon immer davon geträumt, irgendwann einmal reich und berühmt zu sein und verschlang jede Promi-Zeitschrift, die sie in die Finger bekam. Reich war sie ja immerhin schon.

»Und wie!«, entgegnete Helene ehrfürchtig und konnte den Blick noch nicht vom Abspann losreißen. »Es muss so toll sein, zu leben wie sie.«

Ich konnte mit dem Gerede der beiden wenig anfangen und deshalb schwieg ich. Für mich bedeutete Schauspiel etwas anderes als für die beiden: Sie sahen darin Glanz,

Glamour und Berühmtheit. Für mich bedeutete es mein einzig wirkliches Hobby.

Jetzt wandte sich Cora an mich: »Sag mal, Nike, was ist mit dir, möchtest du nicht auch Schauspielerin werden?«

Ich dachte kurz nach. »Klar, ich spiele gerne Theater. Und ich mag Filme. Aber ich glaube, das ist nicht das Gleiche.«

Coras Augen leuchteten auf, ein Zeichen dafür, dass sie eine neue Idee hatte. »Du hast doch jetzt nichts mehr zu tun nach deinem Fachabi. Werde doch Schauspielerin. Das passt perfekt zu dir!«

»Ach Quatsch«, meinte ich und lächelte, »das sagst du jetzt nur, weil du von dem Film so begeistert bist.«

»Nein, nein, ich meine es ernst!« Sie schob die Decke beiseite und richtete sich auf. »Weißt du noch, Helene, als sie die Antigone gespielt hat? Und das Gretchen? Oder diese Frau, die sich als Mann verkleidet, diese … na …«

»Viola aus Shakespears *Was ihr wollt?*«, half ich ihr.

»Ja, genau!«

Jetzt geriet Cora richtig in Ekstase. »Oder, als ihr diesen Kurzfilm gedreht habt, im Medienkurs. Du bist genial, Nike! Du hast fast immer Hauptrollen gespielt und alle so anders! Du … du kannst es einfach!«

Ich lächelte ein wenig geschmeichelt. Vor allem hatte ich einfach Spaß an jeder Rolle, die ich bisher gespielt habe. Wahrscheinlich würde ich jede Rolle lieben.

»Na ja …«, druckste ich herum und vergrub mich tiefer in meiner Decke.

»Sie ist doch genial, oder, Helene?«, meinte Cora und

stieß sie in die Rippen, sodass ihr die Salzstange aus der Hand fiel und in die Sofaritze krümelte, doch Cora bemerkte das nicht.

»Absolut! Du bist genial!«, schmatzte Helene und sah mir fest in die Augen.

»Siehst du!«, rief Cora und lachte. »Wäre es nicht fantastisch, wenn wir irgendwann hier sitzen und Filme schauen, in denen du mitspielst?!«

»Ich …«

»Du siehst so besonders aus mit deinen roten Haaren und deiner Gazellenfigur! Dich erkennt jeder wieder! Und du lernst schnell auswendig.«

Jetzt schaltete sich auch Helene ein: »Und vor allem hast du im Moment eh nichts zu tun. Oder hast du dir inzwischen überlegt, wo du eine Ausbildung machen willst oder was für ein Studiengang dich interessiert?«

Wunder Punkt.

Seit meinem Fachabi im letzten Frühjahr arbeitete ich in einem kleinen Buchladen. Das machte mir Spaß, ich konnte träumen und stundenlang Bücher einräumen. Und doch hatte ich in den letzten Wochen schon öfter überlegt, mir Gedanken um eine Ausbildung oder ein Studium zu machen.

»Stimmt, so wirklich weiß ich immer noch nicht, was ich machen will«, gab ich zu. »Aber jeder weiß doch, wie viele Leute sich an Schauspielschulen und -unis bewerben und dass sehr wenige genommen werden.«

»Egal«, meinte Cora, »versuch es doch. Bitte, bitte!«

»Nur bei einer einzigen Schule«, bettelte Helene.

»Nur ein einziges Mal«, kam von Cora.

»Trau dich doch! Du darfst auch die nächsten zehn Filme aussuchen! Wetten wir, dass du genommen wirst?« Helene war völlig aufgeregt.

Beide sahen mich gespannt an. Sie wollten, dass ich diesen Traum für sie lebte. Und ich lebte gerne die Träume und Geschichten der anderen.

Ich seufzte: »Na gut. Aber nur bei einer einzigen Schule!«

Da es noch immer früh am Nachmittag war, begannen die beiden gleich das Internet nach Schauspielschulen zu durchforsten. Bald wurden sie fündig.

»Hier endet die Bewerbungsfrist am 20. November. Das ist nächste Woche!« Cora überflog die Seite. »Du musst nur ein Motivationsschreiben verfassen, einen Lebenslauf einreichen und ein Foto mitschicken. Das ist ja leicht! Das machen wir jetzt sofort alle zusammen.«

Und dann schrieben die beiden mein Motivationsschreiben.

Als ich am späteren Abend Coras Haus verließ, lächelte ich ein wenig und schüttelte den Kopf. Solange Cora und Helene Spaß gehabt hatten, war alles in Ordnung. Hauptsache, sie erwarteten nicht, dass ich noch irgendetwas von dieser Schule hören würde. Und doch: Für einen halben Tag war der Gedanke wirklich schön gewesen.

3.

Auf dem Weg nach Hause lief ich an einem Werbeplakat für einen Baumarkt vorbei. Der muskulöse Mann in seiner blauen Latzhose hielt einen Spaten in der Hand und blickte über seinen perfekten Rasen.

Wie war es wohl, so muskulös zu sein? War er sehr stark oder waren es nur solche aufgeblasenen Muskeln, die eigentlich keine echte Kraft besaßen? Oder war es doch einfach Photoshop? Ich selbst war immer sehr dünn gewesen, aber nie muskulös, sondern eher etwas ungelenk und unsportlich. Nur auf der Bühne, dort bewegte ich mich tatsächlich anders. Da ich aber schon ein halbes Jahr aus der Schule raus war, hatte ich seitdem auch nicht mehr gespielt.

Ich versuchte mir vorzustellen, wie man sich als muskulöser Heimwerker bewegte, drehte die Ellenbogen weit nach außen und lief etwas breitbeinig durch die Straßen, als würden meine Schultern meine Arme ein Stück vom Oberkörper fernhalten und meine Oberschenkel sonst aneinanderreiben.

Ich beendete die Bewegung erst, als ich den Schlüssel in die Haustür steckte und umdrehte.

Der Geruch von Bratkartoffeln empfing mich. Das hieß, dass mein Vater zu Hause war. Ich zog die Schuhe aus und schmiss sie neben die Treppe, die zu meinem Zimmer führte. Es war auf jeden Fall schon weit nach der Abendessenszeit, aber meistens saß mein Vater danach noch im Wohnzimmer, hörte Musik oder las ein Buch.

Ich hängte meine Jacke neben die meiner Eltern und klopfte an der Wohnzimmertür. Als niemand antwortete, drückte ich die Klinke runter.

Mein Vater saß in seinem Lieblingssessel neben dem Bücherregal, seine dicken Kopfhörer auf dem grauen Haar und die Lesebrille weit auf die Nasenspitze geschoben. Er hielt ein Buch in den Händen und bemerkte erst, dass ich da war, als ich mit meiner Hand vor seinen Augen herumwedelte.

Da lächelte er mich an und nahm die Kopfhörer ab. »Guten Abend, Nike«, sagte er und klappte sein Buch zu. *Griechische Mythen.* Mein Vater ist ein bisschen wie ich: Je öfter er ein Buch liest, desto besser findet er es.

»Hallo, Papa.« Ich zog mir einen Stuhl heran und setzte mich neben ihn.

Er strich mir kurz über den Kopf und fragte: »Hattest du einen schönen Nachmittag?«

»Jap! Ich hab mit Cora und Helene einen Film geguckt.«

»Das war bei dem grauen Wetter sicherlich eine gute Idee.«

Mein Vater sieht ein bisschen aus wie ein alter Kater: Er hat dichtes graues Haar, breite Hände und grüne Augen, wie ich. Als Kind war es mir oft unangenehm, dass er so früh ergraute, obwohl er fast zehn Jahre jünger ist als meine Mutter. Jetzt finde ich, dass er sehr weise aussieht.

Ich sah mich um. »Wo ist denn Mama?«

»Die hat Lehrerkonferenz und kommt spät. In der Küche stehen noch Bratkartoffeln«, entgegnete er. »Ich habe auch Ketchup gemacht.«

Ich merkte, dass ich hungrig war. Und ich liebe den selbst gemachten Ketchup meines Vaters.

Ich flitzte vom Wohnzimmer in die kleine Küche und kratzte die Reste aus der Pfanne zusammen, ertränkte die Kartoffeln fast in dem Ketchup und griff nach einer Gabel. Als ich zurück zu meinem Vater kam, hatte er seine Mythen wieder aufgeschlagen.

»Lecker«, seufzte ich, nachdem ich das Essen probiert hatte. Eine Weile aß ich, er las. Dann nuschelte ich: »Cora und Helene meinen, ich sollte Schauspielerin werden.«

Mein Vater hob den Kopf und nickte lächelnd. »Ich finde, das ist eine grandiose Idee.«

In den darauffolgenden Tagen vergaß ich die Bewerbung. Ich arbeitete in dem Buchladen, träumte vor mich hin. Zum Glück machten mir meine Eltern keinerlei Druck, was meine Zukunft, eine Ausbildung oder ein Studium anging. Das war schon immer so. Und ich wusste ja, dass ich mit achtzehn sehr jung war. Ich hatte alle Zeit der Welt und die nahm ich mir.

Bei Cora war das ganz anders. Ihr Vater wollte, dass sie Herzchirurgin wurde, so wie er. Ihre Mutter wünschte sich ein Au-pair-Jahr in Australien für ihre Tochter. Und was Cora sich wünschte, das wusste sie selber nicht.

Der Brief kam daher völlig unerwartet. Ich lief von der

Arbeit nach Hause und hatte ein neues kostenloses Leseexemplar abgestaubt, mit dem ich mich sofort in mein Zimmer zurückziehen wollte. Ich kaufte mir beim Bäcker noch ein Stück Streuselkuchen und würde mir gleich einen Tee kochen und die Zeit genießen, in der ich das Haus noch ganz für mich hatte. Als ich routiniert in den Briefkasten schaute und die Post mit reinnahm, sah ich ihn zunächst nicht. Erst als ein einziger Umschlag aus dem Stapel fiel und von der kleinen Ablage unter dem Spiegel zu Boden flatterte, las ich meinen Namen. Nike Reitmeier.

Verwundert stellte ich meine Tasche und das Papierpäckchen mit dem Kuchen auf dem Boden ab und drehte den Umschlag. Als ich das Logo der Schauspielschule erkannte, schlug mein Herz kurz höher. Komisch, schließlich hatte ich in den letzten Tagen nicht mehr an meinen kleinen Ausflug in die Traumwelt der Schauspielerei gedacht. Dennoch wurden meine Finger etwas feucht. Sicher eine Absage!

Als ich die Zeilen überflog, stutzte ich. Sie luden mich zum Vorsprechen ein. Zwei Monologe sollte ich vorbereiten, bei Bedarf ein Lied singen und wenn ich wollte, Requisiten mitbringen. Ich schüttelte den Kopf. Dann rief ich Cora an.

»Hast du denn nicht auf der Homepage gelesen, dass jeder Bewerber und jede Bewerberin eingeladen werden? War doch klar, dass du jetzt vorsprichst.«

»Nein … hab ich nicht«, entgegnete ich langsam. Hätte ich das gewusst, hätte ich mich sicher nicht darauf eingelassen.

»Ach ja, die zwanzig Euro Gebühr, die du als Aufwandsentschädigung bei dem Vorsprechen zahlen sollst, die übernehme ich natürlich.«

Ich schluckte. »Wie großzügig.«

Ich verbrachte den ganzen Nachmittag in meinem Zimmer, saß auf dem Teppich und grübelte. Ich hatte Angst. Was, wenn ich doch hinging? Wenn sie mich ganz furchtbar fanden, mir deutlich machten, wie untalentiert ich sei und was ich mir einbildete, ihre Zeit zu verschwenden? Ich könnte für immer die Lust am Schauspiel verlieren. Andererseits: Würde ich wirklich so viel verlieren? Mich womöglich ärgern, wenn ich nicht hinging?

Ich kam nicht vor und nicht zurück. Als mein Handy auf dem Schreibtisch vibrierte, schreckte ich zusammen. Eine SMS von meinem Vater. Meine Tante hatte ihm fürs Theater abgesagt und nun fragte er, ob ich Lust hätte, am Abend *Medea* mit ihm zu sehen. Natürlich hatte ich Lust.

4.

Das Theater ist für mich das größte Hinwegfliegen aus dieser Welt, das ich kenne. Ich werde regelrecht aus meinem Sitz gerissen und bin nicht mehr ich.

Noch stärker als beim Film fühlte ich mich plötzlich als Medea, als ihre Kinder, als all ihre Feinde. Die Schauspielerin auf der Bühne zu sehen, das fühlt sich manchmal noch realer an als auf der Leinwand.

In der Pause stand ich dann mit hochroten Wangen neben meinem Vater im Foyer und knabberte an einer Laugenbrezel. Die Bilder des Stückes, der Brief vorhin, der Traum, der ja eigentlich Coras und Helenes war, durchmischte sich in meinem Kopf zu einem undurchschaubaren Wirrwarr.

Ich bemerkte meinen Vater kaum, als er fragte: »Nike, ist alles in Ordnung?«

Erst als er mich sanft an der Schulter berührte, sah ich ihn an. »Ich … äh … was?«

Er lächelte und trank einen Schluck Limonade. »Ob alles in Ordnung ist, habe ich gefragt.«

Ich überlegte. War es das?

»Ja«, sagte ich dann, »ich glaube schon.«

Er blickte mich fragend aus seinen grünen Augen an. Nicht fordernd, aber neugierig.

»Ich … bin zu einem Vorsprechen einer Schauspielschule eingeladen, obwohl es eigentlich nur eine blöde Wette und gar nicht meine Idee war«, platzte ich dann heraus.

Mein Vater nickte ernsthaft. Ich sah, dass sein Mundwinkel leicht nach oben zuckte, doch er bemühte sich um einen neutralen Gesichtsausdruck. Kein Kommentar, nur Raum, der zu füllen blieb. Von mir.

»Ich liebe es, ins Theater zu gehen. Und Theater zu spielen. Ich liebe Filme, die weichen Sessel im Kino und die Projekte in der Schule, bei denen ich vor der Kamera stand. Aber ich weiß nicht, ob ich dort vorsprechen sollte, wenn ich eh nicht genommen werde. Das macht mich nur traurig. Oder?«

»Hättest du denn Lust, an dieser Schauspielschule zu lernen?«

Ich pulte Salzkörner von meiner Brezel. Die Menschen um uns herum waren nicht mehr als eine rauschende Masse, die verschwommen um uns herumschwappte.

»Ja. Aber ich muss Monologe heraussuchen und die vorbereiten. So etwas habe ich doch noch nie gemacht!«

»Nike, du kennst so viele Stücke, hast schon einige Rollen gespielt«, warf mein Vater ein und trank die Limonade aus. »Wenn du willst, dann helfe ich dir beim Aussuchen.«

Der Gong ertönte. Das Rauschen um uns herum wurde lauter, die verschwommene Masse setzte sich in Bewegung.

»Ja«, meinte ich, »ja, ich denke, das wäre gut.«

Und dann sahen wir uns die zweite Hälfte des Stücks

an, bei deren Ende ich tränenüberströmt in meinem Sessel kauerte.

In der darauffolgenden Nacht konnte ich nicht schlafen. Wieder und wieder überlegte ich, welchen Sinn es machte, zu der Prüfung zu gehen. Ich hatte nie darüber nachgedacht, eine Ausbildung zur Schauspielerin anzufangen. Und jetzt, wo ich wusste, dass alle zunächst eingeladen wurden, da war die Gewissheit eines Fehlschlags noch größer.

Andererseits würde ich nie vergessen, diesen mir zufällig geschenkten Gedanken ignoriert zu haben. Ich knipste das Licht an und setzte mich auf meinem Hochbett auf. Das Bücherregal neben meinem Schreibtisch war voll mit kleinen gelben Heftchen.

Cora und Helene, die sich in der Schule durch jedes Drama quälen mussten, fanden es zwar seltsam und wunderten sich, dass ich die laut ihnen verstaubten Stücke freiwillig las. Aber ich war nun mal anders als sie.

Mein Vater erzählte mir die Geschichten, seitdem ich ganz klein war, und irgendwann hatte ich begonnen, sie selbst lesen zu wollen. Gerade von den antiken Stücken habe ich viele von meinem Vater bekommen, bereits mit seinen Markierungen versehen. Einen Monolog zu finden, sollte daher kein Problem sein, aber in dem Brief stand, dass der zweite modern sein sollte.

Ich flocht mir das rote Haar zu einem lockeren Zopf und warf ihn mir über die Schulter. Ich blickte auf meinen Wecker. Kurz nach drei. Draußen war es stockdunkel, nur der

Weihnachtsstern, den die Nachbarn das ganze Jahr über hängen ließen, leuchtete rot in der Dunkelheit. Ich war hellwach, schlafen konnte ich jetzt vergessen. Schnell kletterte ich die Holzleiter herunter und übersprang die letzten zwei Sprossen, sodass meine Füße laut auf dem Holzboden aufkamen. Ich hielt kurz inne. Meine Mutter hatte einen leichten Schlaf, hoffentlich war sie nicht aufgewacht. Dann knipste ich die Deckenbeleuchtung an und besah mein Bücherregal. Ich griff nach *Medea*, *König Ödipus*, *Antigone*, aber auch nach *Was ihr wollt* und *Woyzeck*.

So arbeitete ich mich Stunde um Stunde durch die Dramen, markierte Szenen, verwarf Ideen und las einzelne Passagen halblaut vor. Um kurz vor acht am nächsten Morgen schlug ich *Woyzeck* zu. Ich hatte mich entschieden: Antigone sollte meine erste Rolle sein, die hatte ich schon mal gespielt. Mein lautes Gähnen zeigte mir, dass ich wirklich müde war. Ich beschloss, noch ein wenig in *Antigone* zu lesen und mich zurück ins Bett zu legen. Vor meinem Fenster war es inzwischen hell geworden und der Weihnachtsstern gegenüber schien nun blass im Gegensatz zum Sonnenlicht.

Ich kuschelte mich auf meinem Hochbett in eine Decke und schlug Sophokles' Werk auf. Nach der zweiten Seite merkte ich, wie meine Augenlider schwerer wurden und irgendwann sank ich über dem Buch zusammen und schlief ein. Zum Glück war Samstag.

Gegen zwölf tappte ich nach unten in unser Wohnzimmer. Meine Eltern saßen noch am Frühstückstisch, meine Mutter mit der Zeitung in der Hand und einem halb gegessenen Marmeladenbrot vor sich, mein Vater wieder mit seinen Mythen auf den Knien und eine Tasse dampfenden Kaffee in der Hand.

Als ich reinkam, blickten sie beide auf.

»Guten Morgen, Nike.« Meine Mutter lächelte und legte die Zeitung neben ihren Teller.

Ich setzte mich zu ihr und sie drückte mir einen Kuss auf die Wange. »Du hast aber lange geschlafen«, meinte sie und biss von ihrem Brot ab.

»Ich habe heute Nacht lange gelesen«, entgegnete ich und schenkte mir Orangensaft ein. Der frische Geschmack belebte meine trockene Zunge und ich atmete tief durch – einen Augenblick lang kam ich mir vor wie in der Fernsehwerbung, die ich neulich mal gesehen hatte. Da hatte die Zunge der Frau dann tatsächlich Farbe und Poren von einer Orangenschale angenommen. Ich stellte mir vor, wie sich das anfühlen musste.

Mein Vater sah vielsagend zu mir herüber, verriet aber nichts.

Ich wusste, was er dachte. Und ich wusste, dass er nichts sagen würde, ehe ich das nicht selbst tat.

»Mama …«, begann ich, »ich muss dir noch etwas erzählen.«

Überrascht ließ sie das Brot sinken und sah mich an. »Ist es etwas Ernstes? Du klingst so bedeutungsvoll.«

Ich lachte und wunderte mich selbst darüber. »Nein, eigentlich nicht. Es ist nur so, dass Cora und Helene es witzig fanden, mich an einer Schauspielschule anzumelden.

Und, na ja, das haben wir dann getan und ich bin in zwei Wochen zu einem Vorsprechen eingeladen.«

Jetzt wirkte meine Mutter doch perplex und schüttelte kurz ihr braunes Haar, wie immer, wenn sie einen Moment Zeit zum Überlegen brauchte.

»Aha«, entgegnete sie, »und du, findest du das auch witzig?«

Ich wusste, dass sie sich manchmal Sorgen machte. Sorgen, dass ich irgendwie zu kurz komme, zu angepasst wäre, aber ich habe das nie so wahrgenommen. Meine Mutter mochte Cora, trotzdem dachte sie, dass sie manchmal mir gegenüber zu dominant war.

»Witzig nicht direkt«, meinte ich, »aber seit heute Nacht bin ich mir sicher, dass ich zu dem Vorsprechen gehen möchte. Ich hab doch eh keine Chance!«

»Sag so etwas nicht!«, entrüstete sich meine Mutter. »Du hast schon immer Theater gespielt, und sogar sehr überzeugend.«

»Ich finde«, schaltete sich jetzt mein Vater ein, »ganz egal wie Nike auf die Idee kam, es ist eine tolle Möglichkeit, sich selbst zu entdecken. Und wenn es bei der Erfahrung bleibt, einmal solch ein Vorsprechen erlebt zu haben, ist das auch gut.«

Meine Mutter biss noch einmal von ihrem Brot ab, kaute, schluckte. »Das finde ich nicht«, meinte sie dann.

Überrascht sah ich sie an. Auch mein Vater schien irritiert zu sein.

Doch dann fügte sie hinzu: »Wenn du an der Prüfung teilnimmst, Nike, dann wünsche ich mir, dass du das aus vollem Herzen tust. Bereite dich vor und zwar so, dass du das Gefühl hast, wirklich das Beste gegeben zu haben. Dann wirst du es als gute Erfahrung verbuchen, egal wie es ausgeht.«

Und das tat ich.

5.

Die nächsten zwei Wochen übte ich meine Monologe rauf und runter. Bei *Antigone,* mit seinen gerade mal achtundfünfzig Reclamseiten, hatte ich schnell den passenden Monolog gefunden: ihre Klagerede, nachdem sie von König Kreon verurteilt wurde und zur Strafe lebendig eingemauert werden soll.

Ich übte mit meinem Vater. Zuerst lasen wir uns die Stelle gegenseitig vor, dann wickelte ich mich in ein weißes Laken und versuchte, den Text nicht nur zu sprechen, sondern Antigone zu sein.

Mit jeder weiteren Probe vor meinem Spiegel oder im Wohnzimmer konnte ich sie mehr spüren, die Trauer der zum Tode verurteilten Frau, die nichts weiter wollte, als ihren Bruder ehrenhaft zu bestatten. Einmal weinte ich bei den Worten »Verlassen von der Liebe gehe ich in die Grabesgruft der Toten« sogar und war ganz froh, dass ich alleine zu Hause war.

Mit meinem zweiten Monolog tat ich mich schwerer. Ich kannte nicht viele moderne Theaterinszenierungen, da mein Vater mit mir stets klassische Stücke besucht hatte. Es fühlte sich an wie unbekanntes Terrain.

Ich googelte eine Weile, suchte auf Seiten von Schauspielschulen nach Tipps und Beispielen und endlich stieß ich auf ein YouTube-Video, dessen Titel mir zumindest nicht ganz unbekannt war: *Das kunstseidene Mädchen*. Ich hatte es mal als Hörbuch gehört. Eigentlich war es wohl ein Roman, wurde aber auch in Theatern aufgeführt und verfilmt. Und so begann ich zu üben: »Ich werde ein Glanz. Weil nämlich ein Glanz sein, ist das Großartigste, was es gibt auf der Welt. Das weiß ich seit gestern Abend.«

Anja in dem Roman ist achtzehn, genau wie ich, und sie will etwas werden. Auch wenn ich mich anfangs schwertat, merkte ich, wie mir die Schnoddrigkeit dieser Rolle zu gefallen begann.

Wer mich nicht kennt, denkt, ich bin schüchtern. Doch das stimmt nicht ganz. Wenn ich eine Rolle spiele, dann kann ich die Schüchternheit ablegen.

Zwei Tage vor der Prüfung lud ich Cora und Helene zur Generalprobe ein. Ich war richtig aufgeregt, hatte Laugenbrezeln aufgebacken und das Wohnzimmer aufgeräumt. Als es klingelte, schlug mein Herz höher.

»Kommt rein!«, begrüßte ich die beiden und geleitete sie in den provisorischen Publikumsraum im Wohnzimmer. Die Bühne hatte ich mit einem Laken improvisiert, das ich zwischen Terrassentür und gegenüberliegendem Bilderrahmen eingeklemmt hatte und das nun den Raum zerteilte.

Meine Eltern saßen bereits auf dem Sofa, ein Glas Rotwein in der Hand und einen Korb mit Brezeln zwischen sich. Es sollte sein wie im Theater. Die grünen Augen meines Vaters leuchteten. Ich wusste, wie gespannt er war.

Meine Freundinnen begrüßten meine Eltern und setzten sich.

»Wow«, hauchte Cora und zupfte an ihren blonden Haarspitzen, »du machst das jetzt wirklich, oder?«

Ich lächelte nur, löschte das Licht und verschwand hinter dem Vorhang. Ich ließ die vier noch eine Minute in der Dunkelheit warten, dann drückte ich auf den Lichtschalter und spielte meine Szenen.

Und als ich nach dem letzten Satz der Antigone meinen kleinen Auftritt beendete, blickte ich zunächst in fassungslose Gesichter.

Dann klatschte Cora, so schnell sie konnte, und Helene fiel begeistert mit ein, sodass ihr fast die Brille von der Nase rutschte. Auch meine Mutter blickte mich verwundert an und nickte langsam.

Nur mein Vater sah aus, als sei er kein Stück überrascht. Er grinste, nippte an seinem Rotwein und hob dann das Glas, als wolle er mir zuprosten.

Zwei Tage später saß ich dann auf einem harten Stuhl zwischen fremden Menschen, *Antigone* und *Das kunstseidene Mädchen* auf dem Schoß und mit klopfendem Herzen in der Brust.

Ich hatte die Schauspielschule eine Weile suchen müssen, sodass sich bereits Panik in mir ausgebreitet hatte, noch bevor ich überhaupt angekommen war. Mit der U-Bahn waren es nur wenige Haltestellen von meinem

Elternhaus hierher, doch in der Gegend war ich bisher selten gewesen. Zwischen einem Supermarkt und einem Italiener verwies nur ein unscheinbares Schild auf die Schule im Innenhof. Ich trat durch den Torbogen zunächst in den ersten, dann in den zweiten Hof. Und hier endlich traf ich Menschen: Rauchend und mit einem Kaffeebecher in der Hand standen sie vor der geöffneten Tür. Irgendwie schüchterte mich dieses Bild ein, deswegen ging ich schnurstracks nach drinnen, suchte mir einen der wenigen freien Stühle und wartete. Und das nun bereits mehrere Stunden.

Im Kopf ging ich mein Lied durch, *Für mich soll's rote Rosen regnen*, von Hildegard Knef. Ich hoffte, nicht singen zu müssen. Denn das konnte ich nicht und ich hatte mich auch nicht getraut, es bei meiner persönlichen Generalprobe vorzuführen. Deswegen hatte ich mir auch ein Lied ausgesucht, bei dem ich eher schauspielern konnte. Das lag mir einfach mehr.

Es ging langsam alphabetisch voran. Und bis zu Reitmeier dauerte es eine Weile.

Ich trank einen Schluck Wasser, um meinen trockenen Mund zu befeuchten. Als ich die Flasche absetzte, saß plötzlich ein Mädchen neben mir. Ich zuckte zusammen und Wasser spritzte über den Boden.

»Keine Angst«, meinte sie etwas spöttisch, »ich bin nicht gefährlich.« Ihre Haut war unfassbar hell, genau wie ihr Haar, und stand im Kontrast zu ihren knallrot geschminkten Lippen. Dann lächelte sie und streckte mir ihre Hand hin: »Linda.«

Ich ergriff sie. Ihre Finger waren kalt, die Hand unfassbar schmal, aber ihr Druck fest.

»Zylinder«, fügte sie hinzu. Ich blickte sie verwirrt an. »Zylinder. Mein Nachname.«

»Jetzt wirklich?« Ich glaubte ihr nicht. Linda Zylinder. Das schien mir doch etwas zu gewollt.

»Rate mal, wieso ich erst so spät komme. Ich weiß doch, dass wenn ich pünktlich bin, ich den ganzen Tag hier versauere und warte, bis endlich Zylinder drankommt.« Sie bemerkte, dass ich immer noch irritiert war, und lachte kurz laut auf. »Linda Zylinder – ich weiß, meine Eltern fanden es witzig, aber ehrlich gesagt war das als Kind ganz schön bescheuert.«

Jetzt lächelte ich und nickte. »Ich heiße Nike«, erwiderte ich. »Kaum konnten alle lesen und ein wenig Englisch, da war es immer der größte Spaß, den Namen englisch auszusprechen oder mich Turnschuh zu nennen. Dabei bin ich gar nicht sportlich.«

Linda schnalzte mit der Zunge. »Oh, das ist schlecht«, meinte sie dann.

»Warum?«

»Na ja, an dieser Schule sind Akrobatik und Fechten essenziell.«

»Kennst du dich hier aus?«

Linda schnaubte. »Ich bewerbe mich hier bereits zum dritten Mal. Ich habe mich in ganz Deutschland beworben, auch in Österreich und in der Schweiz. Zwei Mal hätte es fast geklappt, aber irgendwie habe ich dann doch nie ganz ins Ensemble gepasst.«

Die Aussage bestätigte meine Haltung zu der Prüfung. Keine Chance.

»Und du gibst nicht auf?«

»Nein. Nicht solange ich noch Geld habe, die Prüfungen zu bezahlen. Bei den meisten läuft es doch so: Jahrelang überall bewerben und wenn man dann mal Glück hat, klappt es. Und wenn nicht, na, dann nicht.«

»Okay«, entgegnete ich lahm.

»Wie oft hast du dich schon beworben?«

Und da wurde mein Name aufgerufen. Nike Reitmeier.

»Das bin ich«, hauchte ich.

»Also wie oft?«

»Es ist das erste Mal.« Ich stand auf und mir wurde ganz kurz schwindelig. Ich hielt mich einen Moment an der Stuhllehne fest, dann lief ich in Richtung der offenen Tür.

»Na dann, viel Glück, Schätzchen«, rief Linda Zylinder mir noch nach, doch die Worte gingen in dem Rauschen zwischen meinen Ohren unter.

6.

Hinter der Tür erwartete mich ein großer lichtdurchfluteter Raum, drei Menschen hinter einem Tisch mit Papier und Stift in der Hand und einem Glas Wasser vor sich.

Der ältere Herr in der Mitte lehnte sich zurück. »Neik? Nike? Wie spricht man deinen Namen aus?«

Ich räusperte mich und meine Stimme brach etwas weg, als ich sagte: »Nike, wie man es schreibt. Nach der griechischen Siegesgöttin.«

Die Frau neben ihm hob ihre aufgemalten Augenbrauen. »So …«, sagte sie langsam. »Du bist achtzehn, Nike? Und du spielst schon eine Weile Theater, hast in einigen Kurzfilmprojekten mitgearbeitet, aber sonst noch keine Vorerfahrungen, wenn ich das richtig lese?« Sie blätterte in meinen Bewerbungsunterlagen.

»Ja«, entgegnete ich und stellte mir vor, wie es war, auf ihrem Stuhl zu sitzen, auf der anderen Seite. Ein rosa Kostüm auf den knochigen Schultern, einen straffen Dutt aus dünnem Haar am Hinterkopf, der ab und an gelockert werden wollte. Einen ganzen Tag Menschen wenige Minuten kennenlernen und dann wieder fortschicken. Auf der Suche nach den Diamanten.

Sie musterte mich wie einen interessanten Gegenstand.

Durch ihre Augen war ich eine von unfassbar vielen.

»Nun dann«, setzte der Dritte an, ein sportlich aussehender mittelalter Mann mit Brille, »welche Monologe hast du vorbereitet?«

»*Das kunstseidene Mädchen* und *Antigone*.«

»Dann fang an.«

Ich startete mit dem *kunstseidenen Mädchen*. Dafür hatte ich mir einen Hut mitgebracht.

Bei den ersten Worten setzte ich mir den Hut auf und tat so, als würde ich mich im Spiegel betrachten und mir zwischendurch die Lippen nachziehen, meinen Hut richten und meine Kleidung glätten.

Es war ziemlich schnell vorbei, der Text saß und ich fühlte, dass ich in dem Moment Anja gewesen war. Dieser Zustand berauschte mich so sehr, dass ich mich in die Rolle der Antigone noch mehr hineinsteigern konnte, mein Leid beklagte und bei dem Gedanken, ohne Kinder sterben zu müssen, Antigones Gefühl der Verlorenheit in mir spürte.

Als meine letzten Worte in den Raum verklungen waren, machten sich alle drei noch eine Notiz. Niemand sagte etwas.

»Danke«, kam dann von dem Herrn in der Mitte mit einem halben Lächeln. »Bitte geh noch nicht.« Er sah nach rechts und links und die beiden anderen nickten knapp. »Ich denke, du solltest später noch mal ein Lied singen.«

Als ich rauskam, tanzten vor meinen Augen bunte Flecken und ich fühlte mich, als bestünden meine Arme und Beine aus Pudding. Zum Glück war mein Stuhl von eben noch frei. Ich ließ mich daraufsinken.

»Und?«, fragte Linda Zylinder mit beinahe gleichgültigem Tonfall, doch ich konnte ihr ansehen, dass sie am liebsten wissbegierig herausgeplatzt wäre. »Wie war es?«

»Ich …«, stammelte ich, »ich soll nachher noch ein Lied singen. Aber ich kann gar nicht singen!«

Linda packte mich an den Schultern. Blaue Augen und dieser knallrote Mund.

»Wenn du singen sollst, ist das gut! Das heißt, dass du gut warst, okay? Und das heißt, du wirst gut genug sein, um auch passabel zu singen.«

»Wirklich?«

»Klar. Außerdem habe ich vor, dieses Mal auch endlich genommen zu werden. Und ich habe das Gefühl, ich kann etwas mit dir anfangen.«

Sie sagte es nicht herablassend, sondern überzeugt davon, dass wir beide es schaffen würden, obwohl sie mich gar nicht kannte.

Zumindest in meinem Fall lag sie richtig. Nachdem ich mein Lied beendet hatte, schiefe Töne waren zuhauf dabei, aber immerhin habe ich das ganz gut überspielen können, sprachen die drei kurz miteinander, dann nickte der Mann knapp.

»Wir können uns gut vorstellen, dass du nächstes Semester bei uns anfängst zu lernen«, sagte er.

Dann tappte ich aus dem Raum und fiel Linda Zylinder um den Hals.

»Ich kann es kaum fassen«, meinte sie, ehrlich perplex. »Beim ersten Mal. Das ist so gut wie unmöglich.«

Dann holte sie eine Avocado aus der Tasche, schnitt sie mit einem Messer in zwei Hälften und reichte mir eine davon. »Iss«, verlangte sie, »dann kommst du runter.« Sie gab mir einen kleinen Löffel und ohne weiter drüber nachzudenken begann ich, mir die grüne Frucht stückchenweise zwischen die Lippen zu schieben.

»Soll ich warten, bis du dran warst?«, fragte ich, noch immer ganz hibbelig.

»Auf keinen Fall!«, wehrte Linda ab und schüttelte den Kopf. Ich beobachtete fasziniert, wie sie einen zweiten Löffel zückte und ihren Teil der Avocado aß, ohne auch nur ein bisschen vom Lippenstift zu verschmieren. »Ist doch viel besser, wenn wir uns am ersten Tag des Semesters sehen, oder?« Sie grinste. »Bis bald, Nike Reitmeier«, sagte sie.

»Bis bald, Linda Zylinder«, entgegnete ich und hoffte, wir würden recht behalten.

7.

Am selben Abend lud ich Cora und Helene ein und sie stürmten mit einer Flasche Sekt in unsere Wohnung. Jubelnd fiel mir erst Helene, dann Cora um den Hals und beide warfen sich auf unser Sofa.

Helene hatte rote Flecken auf den Wangen und Cora zwinkerte heftig. »Ich wusste es. Ich wusste, dass du es schaffst!«, rief sie und knallte mit dem Sektkorken.

Ich lächelte etwas zurückhaltend, aber froh, dass ich offenbar ihre Freude geweckt hatte.

Mein Vater brachte ein Blech seiner selbst gebackenen Pizza und meine Mutter kam mit ein paar Sektgläsern hinterher.

»Ich denke, ich fange das Schauspielern mal an, und wenn ich merke, dass ich überfordert bin, kann ich ja jederzeit aufhören …«, versuchte ich gleich, die Verhältnisse klarzustellen.

»Das wollen wir jetzt doch gar nicht hören«, meinte meine Mutter und nahm Cora den Sekt aus der Hand. Sie goss alle fünf Gläser halb voll und stellte die Flasche dann auf den Couchtisch. »Auf dich, Nike, und darauf, dass du so mutig bist, einer Idee nachzugehen.«

Die Gläser klirrten aneinander. Mein Vater strahlte

schon den ganzen Nachmittag, seit ich ins Haus gerannt war. Komisch. Es fühlte sich jetzt so an, als würde ich mir einen Traum erfüllen. Dabei war es ja nie meiner gewesen, zumindest nicht bewusst.

»Möchtet ihr Pizza?«, fragte er dann meine Freundinnen.

»Gerne!«, rief Helene und Cora schloss sich an.

Mein Vater backt die beste Pizza der Welt: dünner Boden, knuspriger Rand, fruchtige Tomatensoße. Manchmal scherzt meine Mutter damit, immer gewusst zu haben, einen guten Koch zu heiraten, da ihr selbst regelmäßig der Reis anbrennt und sie es schafft, sogar Nudeln zu versalzen.

Ich griff ebenfalls nach einem Stück. Grüner Brokkoli unter einer Schicht Käse. Als ich reinbiss, merkte ich erst, wie hungrig ich war. Bis auf die halbe Avocado hatte ich den Tag über nichts gegessen.

Wir saßen dann noch eine Weile zusammen bei uns im Wohnzimmer.

Irgendwie war die ganze Geschichte total unwirklich für mich. Denn es ging im Kern um mich, nur um mich. Und darum, dass sich alle für mich freuten. Dabei freute ich mich ja für sie, dass sie sich über mich freuten.

Meine Gedanken drehten sich im Kreis, was durch den Sekt verstärkt wurde. Außerdem hatte ich noch nie meine Eltern und meine Freundinnen so sehr auf einer Ebene gesehen: bei Gesprächen, beim Essen, wie sie miteinander auf dem Sofa saßen. Das Eltern-Kind-Verhältnis schien irgendwie aufgehoben zu sein, es war, als säße ich mit vier Freunden und Freundinnen zusammen.

Bald wurde die zweite Flasche Sekt geöffnet, noch ein Blech dampfende Pizza aus dem Ofen geholt und mit jeder weiteren Stunde lachten wir lauter. Ich merkte, wie ich langsam richtig beschwipst wurde, und den anderen ging es genauso.

Irgendwann meinte meine Mutter, wenn sie noch länger bei uns bliebe, würde sie irgendwann unanständige Geschichten aus ihrer Jugend auspacken, und beschloss, schlafen zu gehen. Aber nicht, ohne mir vorher einen nach Tomatensoße und Sekt riechenden Kuss auf die Wange zu drücken. »Ich bin sehr stolz auf dich, meine Nike. Ich hoffe, du bist es auch.«

Mein Vater folgte ihr und Helene, Cora und ich blieben zu dritt zurück. Wir witzelten noch ein bisschen über meine bevorstehende nicht existente Karriere, die sie mir zuschrieben, dann wollten sie aufbrechen.

»Bleibt doch hier«, schlug ich vor. »Wir ziehen das Sofa aus, ich hole Bettwäsche und Schlafsäcke und wir übernachten im Wohnzimmer.«

»Gute Idee«, meinte Helene mit glasigem Blick und wuscheligen Locken.

Zu dritt lagen wir kurz darauf auf dem Sofa. Der volle Mond schien silbern auf uns herab und malte Schatten auf unsere Haut. Kurz bevor ich einschlief, meinte ich, ihn leise lachen zu hören.

Am nächsten Morgen weckte mich der Geruch von Kaffee. Ich kniff die Augen zusammen und stützte mich auf. Meine Mutter versuchte durchs Wohnzimmer zu schleichen, auf der Suche nach einer Zeitung. Helene schnarchte leise.

»Entschuldigung«, flüsterte sie. »In der Küche steht Frühstück für euch. Ich muss los zur Arbeit.«

Ich schlief noch einmal ein, und als ich mit Cora und Helene zwei Stunden später in die Küche trat, war ich gerührt. Meine Mutter hatte Brot und Aufstriche auf Tellern drapiert, frische Blumen auf den Tisch gestellt und auf jeden Teller ein Stück Schokolade gelegt.

»Wow«, sagte Cora beeindruckt, als sie hinter meiner Schulter hervorsah. »Sie hat sogar frische Guacamole gemacht.«

»Die ist wohl eher von meinem Vater«, sagte ich lächelnd. Beim Anblick der grünen Avocado-Creme dachte ich an Linda Zylinder. Und jetzt merkte ich, wie sehr ich hoffte, dass für sie das Vorsprechen ebenfalls erfolgreich gelaufen war. Dass ich mich darauf freute, sie wiederzusehen.

Ich legte meinen Job in der Buchhandlung vorerst auf Eis. So schwer es mir fiel, entschied ich mich dafür, die Ausbildung mit voller Kraft zu beginnen. Zu diesem Zeitpunkt sah ich das alles noch als Experiment, doch als so wichtiges Experiment, dass ich auf einige Dinge zunächst verzichten würde.

In der Nacht vor dem Beginn des ersten Semesters schlief ich schlecht. Als der Wecker um sieben klingelte, war ich mehr als dankbar, endlich aufstehen zu dürfen.

Ich betrachtete mein Gesicht im Spiegel. Helle Haut,

vom Schlaf gerötete Augen über geschwollenen Tränensäcken. Rotes dünnes Haar bis kurz über die Brüste, das durch das Deckenlicht in meinem Zimmer fast golden aussah. Grüne Augen, Augen, die ich mochte. Groß und in der Farbe denen meines Vaters ähnlich. Ich lächelte mich an. Mein rechter Schneidezahn stand ein wenig vor dem linken, doch als mein Zahnarzt einmal anmerkte, dass ich eine kieferorthopädische Korrektur bräuchte, meinte meine Mutter nur: »So ein Quatsch«, und das Thema wurde nie wieder angesprochen. Ich war froh darum.

»Nike?«, hörte ich meine Mutter rufen. »Komm runter, es gibt Kakao!«

8.

Ich drückte die schwere Tür zu dem Trainingsraum auf, zu der mich ein Typ geschickt hatte. Er hatte glattes braunes Haar, das über seinen Ohren ein wenig abstand. »Erster Stock, dann durch den Flur und an den Regalen vorbei, die große Tür. Der helle Raum mit der Spiegelwand.«

»Danke«, keuchte ich, immer in der Angst, zu spät zu sein.

»Bist du im ersten Semester?«, rief er mir nach.

Ich drehte mich fahrig um. »Ja«, stieß ich hervor. Unsere Blicke begegneten sich. Ich stockte. Für einen Moment war der Stress vergessen und ich sah nur noch die weichen braunen Augen. Kleine Falten zogen sich zusammen, als er lächelte. Was war das denn? Ich schüttelte den Kopf, um wieder klar denken zu können.

»Ich bin im fünften. Jasper.«

»Nike.« Meine Stimme überschlug sich.

Dann rannte ich die Treppe hinauf. Sein Blick hatte sich auf meiner Netzhaut eingebrannt.

Jasper.

Im fünften Semester.

Ich sah mich bereits umkehren, die einzelnen Stufen hinunterschweben und ein lockeres Gespräch anfangen.

Das würde eine selbstbewusste Nike tun. Doch so war ich nicht. Und außerdem musste ich mich auf meinen ersten Tag konzentrieren.

Das Treppenhaus war eng, doch als ich die erste Etage betrat, entdeckte ich sofort die Regale, die Jasper gemeint hatte. Ich legte meine Jacke ab und hängte sie an einen Haken. Dann hob ich meine Arme und überprüfte meinen Duft. Leichte Schweißflecken hatte ich, aber immerhin stank ich noch nicht. Ein Blick auf mein Handy zeigte mir, dass ich mich mal wieder unnötig gestresst hatte.

Ich gab mir eine Minute zum Durchatmen. In dem Moment hörte ich nur meinen Atem und versuchte, meinen Herzschlag zu beruhigen. Sofort kam das Bild der braunen Augen zurück, mit denen Jasper mich eben betrachtet hatte. Ärgerlich verdrängte ich den Gedanken daran. Wie konnte es sein, dass ich so leicht aus der Fassung zu bringen war?

Ich wartete noch kurz. Dann fühlte ich mich bereit, die Türklinke herunterzudrücken. Zuerst sah ich nur einen großen Spiegel durch den Türspalt, dann stieß ich sie auf und betrat den glatten Holzboden.

Dreizehn andere. Sechs junge Männer, sieben Frauen. Neugierige Blicke, ein paar von ihnen hatte ich bereits bei der Aufnahmeprüfung gesehen. Linda war nicht dabei. Eine erstaunlich große Enttäuschung breitete sich in mir aus.

Ich war erst einige Sekunden im Raum und versuchte noch immer alles zu erfassen, als die schlanke Frau mit dem strengen Dutt, die auch bei meinem Vorsprechen dabei gewesen war, hinter mir durch die Tür lief.

Sie sah von links nach rechts und erlaubte sich ein ganz kleines Lächeln. »Schön«, sagte sie. »Setzt euch.«

Alle ließen sich wortlos auf dem Holzboden nieder.

»Wie ihr sicherlich wisst, ist Schauspiel nur ein kleiner Teil von dem, was ihr hier lernen und leisten sollt.« Sie blickte ein zweites Mal umher. »Im ersten Semester werdet ihr neben Schauspiel im Sprechen, Tanzen, in szenischer Bewegung, Tai-Chi sowie in Theater- und Kulturgeschichte unterrichtet. Eure Stundenpläne bekommt ihr am Ende der Stunde …«

Sie wurde jäh unterbrochen, als die Tür aufgestoßen wurde und eine junge Frau mit zerzaustem Haar hereinstürmte. Sie atmete schwer und ließ ihre Tasche zu Boden fallen.

»'tschuldigung …«, keuchte sie, »… die S-Bahn.«

Blondes Haar, schlaksige Beine, rote Lippen.

Linda Zylinder!

Ich grinste. Eine Anspannung, die ich zuvor nicht wahrgenommen hatte, löste sich in mir.

Die Dozentin nickte kurz und ignorierte sie dann.

»Wir erwarten von euch Belastbarkeit, Leistungsbereitschaft, Disziplin und Engagement. Und selbstverständlich den Spaß an der eigenen Weiterentwicklung und dem Schauspiel. Wir legen Wert auf Pünktlichkeit«, sie bedachte Linda mit einem Seitenblick, »und darauf, dass wir uns als Gruppe verstehen. Natürlich könnt ihr all dies auch von uns Dozentinnen und Dozenten erwarten.« Sie nickte knapp. »Wir haben euch aus einem besonderen Grund ausgesucht. Zum einen weil wir das Talent und das

Potenzial sehen, aus euch professionelle Schauspielerinnen und Schauspieler zu machen. Zum anderen weil ihr verschiedene Charaktere mitbringt und als Ensemble eine Bandbreite an Rollen abdecken könnt.«

Ich lächelte Linda zu.

Sie grinste zurück und flüsterte: »Ich habe doch gesagt, dass wir gemeinsam lernen werden«, was ihr wieder einen strengen Blick der Dozentin einbrachte.

»Mein Name ist Marita«, sagte sie, »ich werde euch im ersten Semester in Schauspiel unterrichten. Und jetzt seid ihr dran.«

Wir machten eine Vorstellungsrunde und ich war beeindruckt, wenn nicht sogar eingeschüchtert: Selma hatte bereits in mehreren kleinen Kinofilmen mitgespielt, seitdem sie ein Kind war. Tobias schrieb eigene Dramen, die er teilweise in Laientheatern auf die Bühne gebracht hatte. Pedro hatte vor Kurzem seine Ausbildung zum Tänzer beendet und gemerkt, dass ihm das nicht reichte.

Dann kam Linda.

»Ich habe bisher nichts gemacht, nur davon geträumt, Schauspielerin zu werden. Aber das immerhin seit ich mit drei Jahren zum ersten Mal *Pippi Langstrumpf* im Fernsehen gesehen habe.«

Und dann, als Letzte, ich.

Ich bekam keinen Ton heraus und merkte, wie ich rot wurde. Unsicher räusperte ich mich.

»Ich bin Nike. Und ich liebe Theater. Und Kino«, presste ich hervor.

»Nike? Oder auf Englisch wie der Turnschuh?«, witzelte ein schlaksiger Junge, der sich am Anfang mit Roman vorgestellt hatte.

»Wie die Siegesgöttin, die kennst du doch sicher«, antwortete Linda schlagfertig. »Und was ist mir dir? Roman wie der Schundroman?« Sie lächelte ihn dabei an.

»Schon gut«, meinte Roman und grinste ebenfalls.

Ich blickte zu Linda rüber. Ein bisschen dankbar.

Die warf mir einen imaginären Kuss zu und ein weiteres Mal keimte Vorfreude auf die Zeit mit Linda auf.

»Danke, das war die Übung«, rief Marita und klatschte zweimal in die Hände. »Und nun werdet ihr euch der ganzen Schule vorstellen, damit alle Semester euch kennen.«

»So richtig jetzt?«, fragte eine zierliche Asiatin entsetzt.

»Die höheren Semester sowie die Dozierenden warten vor der Schulbühne auf euch.«

Ein wenig perplex trotteten wir hinter Marita her, die uns aus dem Raum führte, dann über eine schmale Treppe in eine Art Requisitenkammer lotste mit zwei Eingängen zur Bühne. Die ganze Schule. Mein Magen zog sich zusammen und unwillkürlich musste ich an diesen Jasper von vorhin denken und an seine braunen Augen. Ob er wohl auch da sein würde?

»Wir gehen jetzt gemeinsam nach vorne«, erklärte Marita. »Die Schulleiterin wird noch ein paar Worte sagen, dann werdet ihr euch der Reihenfolge nach vorstellen.«

Leises Gemurmel erfüllte die Luft, doch nach einem scharfen Blick von Marita wurde es still.

»Also los.«

Wieder folgten wir ihr. Die Bühne entpuppte sich als erstaunlich groß. Der Vorhang war noch zugezogen, über uns hingen schwer aussehende Scheinwerfer an Metallgerüsten, am Boden klebten einzelne Streifen in Kreuzform als Markierung. Die Schulleiterin, eine breitere Dame mit lichtem Haar in Silbergrau, wartete bereits auf uns und schüttelte jedem kurz die Hand.

Sie nickte mir aufmunternd zu. »Willkommen.«

Dann schoben sie und Marita den Vorhang zur Seite. Der Zuschauerraum war dunkel, doch ich konnte einige Konturen erkennen. Ich spürte, dass die Reihen gefüllt waren. Die Luft fühlte sich warm und dick an. Das Licht des Scheinwerfers blendete mich und ich gab mir Mühe, die Augen nicht zusammenzukneifen, wie ich es im Schultheater gelernt hatte.

Als ich an der Reihe war, mich vorzustellen, stockte mir kurz der Atem. Ich blickte in die Dunkelheit. Dann sprach ich mit überraschend fester Stimme in den Raum voller fremder Gestalten: »Mein Name ist Nike Reitmeier. Und ich liebe Theater und Kino.«

9.

Der erste Tag verging wie im Flug. Nach unserem Kurzauftritt setzten wir die Schauspielstunde in dem Übungsraum fort, alle ein wenig aufgedrehter als vorher. Wir begannen mit einigen Improübungen, die ich auch aus der Schule kannte. Die Stundenpläne wurden uns ausgeteilt und ich sah, dass wir am Nachmittag noch Tai-Chi haben würden.

»Gehen wir einen Kaffee trinken?«, fragte Linda, nachdem uns Marita entlassen hatte.

Natürlich sagte ich Ja.

Nicht weit von der Schule, in derselben Straße, fanden wir ein kleines Eiscafé, das seine Stühle trotz des beginnenden Herbstes noch draußen stehen hatte.

Wir ließen uns an einem kleinen runden Tisch nieder und Linda fixierte mich. »Was hast du, was ich nicht habe. Und die anderen auch nicht.«

»Was?!« Ich verschluckte mich an meiner Eisschokolade.

»Na ja …« Linda blickte nachdenklich in den bewölkten Himmel. »Das ist doch ein Wunder, dass du nach einem einzigen Vorsprechen schon aufgenommen wurdest. Alle anderen werden es an allen möglichen Schulen versucht haben, die meisten vermutlich schon seit Jahren.«

»Ähm …«

»Hast du reiche Eltern? Habt ihr die Schulleitung geschmiert?« Jetzt blickte sie mich plötzlich wieder mit durchdringendem Blick an.

»Nein!«, entrüstete ich mich. »Mein Vater ist so eine Art Antikenforscher und Hausmann und meine Mutter Lehrerin.«

Kurz dachte ich darüber nach, ob Linda doch etwas gegen mich hatte, doch dann lachte sie laut auf und legte ihre Hand auf meinen Arm.

»Sorry!«, sagte sie beschwichtigend. »Du darfst mich nicht immer ernst nehmen. Und nur so viel: Ich meine fast nie etwas böse.«

Die Anspannung glitt wieder von mir.

»Als du vorhin auf der Bühne deinen Namen gesagt hast, warst du auf einmal ein ganz anderer Mensch.«

»Wie ist es bei dir?«, fragte ich dann, um das Thema um mich nicht zu vertiefen.

»Bei mir?«

»Na, haben deine Eltern Geld?«

Linda kratzte sich an der blassen Wange. »Nö. Die sehen mich auch eher als Bürokauffrau in ihrer Holzfirma, aber da gehöre ich nicht hin!«

»Und wie kamst du auf die Schauspielerei?«

»Ich liebe Filme.«

»Du willst in Filmen mitspielen?«

»Ja. Am liebsten in Tanzfilmen oder Musicals.«

Ich löffelte Vanilleeis aus meinem Kakao.

»Ich finde es so spannend, wie durcheinander es am Filmset zugeht und wie strukturiert es dann im Film sein kann.«

»Hast du schon mal in einem Film mitgespielt?«

Jetzt lächelte Linda ertappt. »Na ja …«, begann sie. »Es gibt doch da diese Internetseiten, bei denen man sich für Komparsenrollen registrieren kann. Ich habe da bisher bei einigen deutschen Fernsehproduktionen mitgemacht, aber wenn du Glück hast, wollen sie dich auch für Kinofilme!«

»Und was hast du davon?«

»Na, die Erfahrung, das Gefühl, die Innensicht!«, entgegnete Linda enthusiastisch und fügte dann ein wenig kleinlaut hinzu: »Und Mindestlohn pro angefangene Stunde plus Nachtzuschlag.«

Eine Stunde später begann die erste Tai-Chi-Stunde.

»Tai-Chi dient der Entspannung und der Entdeckung eures Körpers. Eine wunderbare Grundlage, auf der dann Körperhaltung und szenische Bewegung aufbauen können«, näselte der Dozent und begann auf Socken die erste Übung vorzumachen.

Ich sah zu Linda, die sich ein Lachen verkneifen musste, und auch Pedro und Marie schienen sich auf die Lippen zu beißen. Die anderen machten ein ernstes Gesicht und führten die Übungen aus. Tobias war sogar richtig gut.

Mir fiel es schwer. Ich kann nicht lange ruhig bleiben, wenn ich mit fünfzehn anderen in einem Raum stehe. Außerdem merkte ich mal wieder, dass ich nicht die beste Koordination besaß und mir feste Choreografien schwerfielen.

Dafür tauchte ich ganz automatisch in die möglichen Gedanken unseres Dozenten ein. Während seine Füße über den Boden glitten, dachte er sicher an die bevorstehende Mahlzeit. Auch wenn das weniger seinem eigentlichen Naturell entsprach, normalerweise ernährte er sich von Salat und Gemüse, verspürte er heute den Wunsch nach deftigem Rotkraut mit Klößen und viel Soße. Ob er sich das heimlich kochen konnte? Oder hatte er eine schlanke Frau zu Hause, die ihm das verbot? Oder einen Mann? Wie dem auch sei … das Wasser lief ihm sicher schon jetzt im Munde zusammen.

Am Ende der Stunde beschloss ich, mich von nun an immer in eine der hintersten Ecken zu stellen, hinter Chuy. Dann konnte ich noch besser versuchen, durch die Augen des Dozenten zu sehen. Und irgendwann vielleicht ebenfalls die filigranen Bewegungen ausführen. Einen Vorteil hatte die Übung gehabt: Vor lauter Konzentration musste ich währenddessen nicht mehr an den Typen aus dem fünften Semester denken, der sich mit Jasper vorgestellt hatte.

10.

Als ich nach meinem ersten Tag nach Hause kam, duftete es bereits nach heißem Olivenöl und scharfem Knoblauch. Meine Mutter öffnete mir mit einem Geschirrtuch in der Hand die Tür.

»Komm rein, Nike«, sagte sie und umarmte mich. Ihr wallendes braunes Haar kitzelte meine Nase. »Essen ist gleich fertig«, meinte sie. »Ich wollte Nudeln mit einer Gemüsesoße machen, aber na ja …«, sie blickte etwas verträumt in Richtung Küche, »ich habe die Nudeln vergessen, und am Ende war es nur noch ein Klumpen Brei. Jetzt hat dein Vater übernommen und macht Lasagne.«

Ich grinste. Wie immer also.

Nach dem Essen registrierte ich mich bei der Komparsenagentur, von der Linda erzählt hatte. Nicht dass ich glaubte, Anfragen zu bekommen. Aber versuchen konnte ich es ja.

Die ersten Tage an der Schule zogen nur so an mir vorüber. Und schon in der zweiten Woche war unsere Schonfrist als Erstsemester vorbei.

»Selma, was habe ich gesagt? Schreiten! Nicht trampeln!«

»Tobias, du kannst nicht immer Macho sein. Nicht immer!«

»Marie, achte auf deine Hände, du siehst schon wieder aus wie eine Waschfrau.«

»Linda, versuch deine Gliedmaßen zusammenzuhalten. Mehr Spannung!«

»Nike! Der Rhythmus, wo ist dein Rhythmus? Nike?«

Ich wurde jäh aus meinen Gedanken gerissen, Marita packte mich an der Schulter.

»Nike, wir gehen im Rhythmus. Wir alle.«

Ich wurde rot. »Ja.«

Ich war mit meinen Gedanken abgeschweift und wiederholte in meinem Kopf die Konsonantenübungen, die wir lernen sollten, um später in Sprechen daran anzuknüpfen.

»Neue Aufgabe!«, rief Marita durch den Raum und strich ihren Dutt glatt. »Geht durch den Raum. Seid aufmerksam. Merkt euch Details. Und los!«

Ich sah zu Boden und versuchte, niemandem in den Weg zu laufen.

Das ging bestimmt eine Minute so, dann rief Marita: »Stopp!«

Wir sahen alle zu ihr herüber, wie wartende Herdentiere.

»Josef, was steht auf dem Schild an der gegenüberliegenden Hauswand?«

»Ähm …« Josef schob sich die Brille zurück. »Umzüge Umbach, flexibel und fix?«

»Tobias, wie viele Fensterbänke gibt es im Raum.«

»Vier!«

»Selma, welche Farben haben Nikes Socken?«

Selma überlegte kurz. »Ich weiß es nicht«, gab sie dann zurück und drehte ihr krauses braunes Haar zu einem Zopf.

»Und warum nicht?«

»Hmm …« Sie blickte ahnungslos umher.

Marita seufzte. »Weil du nur nach oben in den Spiegel gesehen hast.« Dann sah sie ein paar Leuten ins Gesicht. Ihr Blick blieb an mir hängen. »Und Nike, welche Farbe hat Selmas Halstuch?«

Ich versuchte krampfhaft, nicht zu Selma zu gucken.

»Ich weiß nicht«, flüsterte ich.

»Und warum weißt du es nicht?«

Ich schluckte. »Weil ich nur nach unten gesehen habe.«

»Exakt.« Jetzt fixierte Marita wieder alle Studenten und ich atmete auf. »Ihr müsst den ganzen Raum wahrnehmen! Aufmerksam sein! Reagieren können.«

Tobias nickte.

»Selma, du bist dir zu schade, auch den Boden zu betrachten. Schau dich selbst weniger in der Spiegelwand an und beobachte deine Umgebung.«

Selma schnappte nach Luft, bremste sich aber, etwas zu erwidern.

»Nike, du musst nach oben sehen. Sei selbstbewusster. Sonst gehst du hier unter, noch bevor du die erste Zwischenprüfung erreicht hast.«

Maritas Worte saßen noch tief, als wir den Raum nach Schauspiel verließen und zu Sprechen gingen.

»Hey«, sagte Linda und legte mir den Arm um die

Schultern. »Wir sind alle ganz am Anfang! Sie haben uns ausgewählt, weil sie etwas in uns sehen, das herausgekitzelt werden kann. Niemand hier braucht fertige Schauspielerinnen.«

Wahrscheinlich hatte sie recht, doch es war nur ein geringer Trost. Meine Zweifel, die ich vor der Aufnahmeprüfung gehabt hatte, waren wieder da, größer als vorher.

Beim Sprechen stellte ich mich für die Lautübungen in die letzte Reihe und hoffte darauf, nicht aufzufallen. Selma stand in der ersten Reihe und spuckte ihre Ps, Ts und Ks lauter hervor als alle anderen. Vielleicht war an Maritas Beobachtung mehr dran, als ich im ersten Moment geglaubt hatte.

Beim Schauspiel schaffte ich es in den darauffolgenden Tagen, mich zusammenzureißen. Wir wiederholten die gleiche Übung und dieses Mal konnte ich sagen, welche Farben die Lampenschirme hatten.

»Gut!«, sagte Marita dann in einer der Stunden. »Ich möchte, dass wir nun in eine Partnerarbeit gehen.«

Ich stellte mich direkt zu Linda.

»Und ich bestimme die Paare.« Sie ordnete Linda Tobias zu, einem absoluten Perfektionisten, wie ich es bisher einschätzen konnte. Und mir, wie hätte es anders sein können, Selma.

»Ich gebe jedem Paar einen imaginären Gegenstand. Beschäftigt euch eine Weile zu zweit damit, dann bilden wir einen Kreis und jedes Duo improvisiert eine kleine Szene mit dem Gegenstand.«

Selma und ich bekamen eine Trompete. Wie erwartet, begann Selma auf der imaginierten Trompete zu spielen und einen Soloauftritt damit hinzulegen. Ich stand daneben und sah zu, bis sie mir die Lufttrompete gab und mich herausfordernd anblickte.

Ich hatte gerade mal zehn Sekunden, um den Gegenstand zu entdecken, als Marita uns in den Kreis rief. Selma und ich sollten beginnen. Ausgerechnet.

Selma gab den ersten Impuls für die Szene. Sie hatte die Trompete bereits in der Hand und wiederholte ihre Solonummer von eben. Ich versuchte einen Menschen im Konzertpublikum darzustellen, der bewundernd zu der Musikerin aufblickt. Die Rolle fiel mir nicht schwer, ich spielte sie ja kaum. Als Selma mir huldvoll ihre Trompete reichte, fasste ich mir an die Brust und fiel selig lächelnd auf die Knie. Ein Fan in Ekstase.

Dann war die Szene vorbei. Die anderen klatschten.

Marita lächelte mit einem Mundwinkel. »Habt ihr etwas gemerkt?«, fragte sie in die Runde.

»Sie haben es nur pantomimisch gelöst, ohne Text«, meinte Josef.

»Nike habe ich die Rolle vollkommen abgenommen«, warf Marie ein und Linda nickte.

»Ja, aber Selma auch«, fügte Tobias hinzu, »ich finde, sie haben das sehr überzeugend gespielt.«

Marita schüttelte den Kopf. »Genau das ist es: Es wirkte echt und eben nicht gespielt. Weil beide keine neue Rolle eingenommen haben, sondern sich für ihre Charakterzüge ganz natürlich verhielten.«

Jetzt sagte keiner mehr etwas.

»Achtet darauf, neue Rollen zu spielen! Ihr alle! Natürlich fällt es am leichtesten, so zu sein, wie man im realen Leben agiert, doch das brauchen wir hier nicht.«

Dann wandte sie sich an Selma und mich. »Selma, du musst lernen, auch mal zu beobachten. Dich nicht immer in den Vordergrund zu drängen. Nike, lass dir nicht alles gefallen. Spiel dich auf, sei selbstbewusst, nimm dir den Raum, den du brauchst, sonst bist du hier falsch.«

Wieder so ein Satz, der saß. Als die anderen Paare ihre Szenen improvisierten, konnte ich mich kaum konzentrieren. Ich glaube, einige witzige Ergebnisse waren dabei, auch ein oder zwei ernste. Aber niemand wurde so exemplarisch als Gegensatzpaar hervorgehoben wie Selma und ich.

Nach der Stunde stürmte ich als Erste aus dem Raum. Ich hatte keine Lust, mit irgendjemandem zu reden. Ich war durcheinander, frustriert, überfordert. Wenn ich zu wenig selbstbewusst war, zu unsicher, wieso hatten sie mich dann überhaupt aufgenommen? Ich steuerte auf die Toilette zu, und als ich um die Ecke bog, stieß ich mit jemandem zusammen, der ähnlich schnell hastete. Ein Geruch von Wald und frischer Wäsche stieg mir in die Nase und ich sprang zurück.

»Oh!« Es war Jasper. Er sah mich überrascht an.

»Hallo! Ich habe die letzten Tage nach dir Ausschau gehalten, aber offenbar haben wir gegenläufige Stundenpläne.«

Ich sagte erst mal gar nichts. So traurig ich gerade noch

gewesen war, so sehr freute ich mich, ihn zu sehen. Jemanden, der meine Niederlage eben nicht miterlebt hatte. Auch ich hatte die letzten Tage an ihn gedacht, obwohl ich es mir versuchte zu verbieten. In einer Nacht hatte ich sogar von ihm geträumt. Da hatte auch mein sonst recht starker Wille, mich ausschließlich auf die Kurse zu konzentrieren, nichts genützt.

»Wie geht es dir nach deinen ersten Wochen?«

Ich seufzte. Dann sagte ich: »Ich glaube, ich passe nicht hierher.«

Verwundert legte er den Kopf schief, und obwohl er nichts sagte, verspürte ich das Bedürfnis, meine Worte zu erläutern. »Ich … ich habe keine Erfahrung. Nicht so wie die anderen. Ich bin kein Mittelpunktmensch. Ich kann nicht mit ausgefahrenen Ellenbogen durchs Leben gehen. Das … bin ich einfach nicht.« Ich atmete tief durch und fuhr mir durchs Haar.

Jasper nickte ernst. »Glaub mir, ich weiß genau, wie du dich fühlst.«

Ich sah ihn zweifelnd an. »Ja?«

»Absolut! Ich habe erst im vierten Semester angefangen, meine alten Muster auf der Bühne abzulegen. Das war ein hartes Stück Arbeit. Und weißt du was? Genau das haben sie bei der Aufnahmeprüfung in mir gesehen: dass ich noch etwas lernen kann.« Er legte mir kurz seine warme Hand auf die Schulter. Es kribbelte an genau der Stelle und ohne es zu wollen, schüttelte ich mich, als würde ich frösteln. Seine Hand glitt an meinem Arm herab und baumelte ins Leere. Sofort ärgerte ich mich. Es war eine überraschende, aber schöne Berührung gewesen, leider viel zu kurz. Zum Glück ging er nicht darauf ein und griff seinen Satz wieder auf, als wäre nichts gewesen. »Und dass du hier etwas lernen kannst, das sehen sie bei dir auch! Dass da etwas drinsteckt, das rauskommen wird, das bereit ist, sich selbst kennenzulernen und Hürden zu überwinden.«

So pathetisch seine Worte auch klangen, so sehr durchfloss mich plötzlich ein völlig unerwarteter Optimismus.

»Ich … danke!«

Er lächelte. »Da nicht für. Nur die Wahrheit.«

Ich sah auf die Uhr. »Mist! Ich habe Unterricht!«

»Alles klar.«

Noch einmal warf ich ihm einen schnellen Blick zu und sagte »Danke«, dann rannte ich den Gang hinab zu den Tanzräumen.

»Wir sehen uns«, rief er mir hinterher und ich dachte stumm *Hoffentlich* in meinem Kopf und musste lächeln.

11.

Obwohl ich mich nach dem kurzen Gespräch besser fühlte, hatten wir zu allem Überfluss anschließend Ballett. Ich tanze gerne, doch ich habe einfach wenig Taktgefühl und deswegen gehörten die Bewegungsfächer zu meinen großen Herausforderungen. Nach der Schauspielübung von eben wusste ich nicht, wie gut ich mich noch konzentrieren konnte. Ich dachte an Jaspers Worte und hoffte, daraus etwas Energie für die kommenden Stunden ziehen zu können.

»Komm, ich lade dich auf ein Eis ein«, meinte Linda tröstend nach der Stunde, »dreißig Minuten haben wir noch, bis Tai-Chi losgeht.«

Ich ließ mich von ihr mitziehen, zur Tür über den Hof.

Eine Rauchergruppe stand mit dem Rücken zu uns gerichtet vor der Schule. Ich erkannte Tobias, neben ihm Selmas brauner Lockenkopf. Sie blies Rauch in die Luft und sagte dann: »Ich kann *überhaupt nicht* verstehen, wieso sie so ein Mäuschen genommen haben. Sie müssen doch sehen, dass sie sich niemals durchsetzen wird. Sie gehört nicht auf die Bühne. Und wer wird dann immer vorgeführt, um als Rampensau dazustehen? Ich!«

Mein Magen drehte sich um. Sie hatte meinen Namen

nicht ausgesprochen, doch es war klar, dass es um mich ging. Die Wirkung von Jaspers Worten verrauchte im Angesicht dieser spitzen Kommentare.

Tobias nickte. »Ja, das ist nicht fair. Als Schauspielerin muss man freiwillig herausstechen. Ein einziger Kampf.« Der Rauch strömte aus seinem Mund. »Andererseits: Ich glaube, sie ist noch sehr jung. Nimm sie nicht zu ernst. In einem halben Jahr hat sie das Ganze doch eh geschmissen.«

Das reichte! Ich lief im Stechschritt über den Hof, auf der Flucht, nur weg. Mein langes Haar flog mir ins Gesicht und ich wischte es unwirsch zur Seite.

»Nike!«, rief Linda und hastete hinter mir her. Ich hörte Jackenrascheln und Selma, wie sie leise »Ups« sagte.

Dann bog ich nach rechts auf die Straße ab.

»Linda«, meine Stimme war schwach, »ich gehe nach Hause. Sagst du bei Tai-Chi, dass mir schwindelig geworden ist?«

Als ich an dem Eiscafé vorbeilief, um den U-Bahnschacht zu erreichen, hörte ich plötzlich eine Stimme, die noch in meinem Ohr nachhallte, meinen Namen rufen.

Ich wischte mir schnell über die Augen und drehte mich um. Mit einem Eis in der Hand stand schon wieder Jasper vor mir. Da sahen wir uns wochenlang nicht und dann gleich zwei Mal am selben Tag. Verrückt!

»Du erinnerst dich sogar an meinen Namen?«, fragte ich reflexartig unsicher und dachte daran, was Marita über mich gesagt hatte. Sie hatte wohl wirklich recht.

»Na klar!« Er lächelte und kam auf mich zu. »Nicht jede heißt doch nach der Siegesgöttin.«

Der Satz *Du weißt, woher mein Name kommt?* lag mir schon auf der Zunge, doch dieses Mal hielt ich mich zurück.

»Warum rennst du so schnell?«

»Ich habe Tai-Chi.«

Er lachte. »Verstehe! Ja, davor bin ich im ersten Semester auch immer geflohen. Nächstes Jahr kommen Volkstänze, das gefällt dir sicher besser.«

»Ja, vielleicht.« Ich lächelte müde und sah ihm in die Augen. Er blickte zurück. Keiner schaute weg, es war nicht unangenehm und doch eine Spur zu lang für einen gewöhnlichen Augenblick. Erst als ich darüber nachdachte, blinzelte ich und sah kurz Boden. Dann wandte ich mich zum Gehen.

»Nike?«, sagte er noch und ich blieb kurz stehen. »Egal was in den ersten Wochen passiert, lass dich nicht unterkriegen! Es kann hart sein, mit sich selbst konfrontiert zu werden. Aber glaub an dich.«

In den darauffolgenden Tagen blieb meine Stimmung gedrückt. Meine Eltern merkten das, doch ich wollte nichts davon erzählen. Ich telefonierte einmal mit Cora, aber außer Sätze wie: »Die sind doch alle doof!«, kam auch von ihrer Seite nichts.

Zu Schauspiel zu gehen, war mir unangenehm. Ich betete jedes Mal, dass Marita mich nicht wieder in eine Gruppe oder gar eine Zweierarbeit mit Selma stecken würde, und ich hatte Glück. Ich versuchte mir Jaspers Worte zu Herzen zu nehmen, doch meine Selbstzweifel blieben.

Irgendwann nahm mich Marita nach einer Schauspielstunde zur Seite.

»Nike, was ist los?«, fragte sie und sah mich an.

»Ich … ach, ich kann das nicht.«

Marita nickte. »Dann solltest du aufhören.«

Ich schluckte.

»Aber eins will ich dir sagen: Wir haben bei deiner Prüfung alle gesehen, dass du es sehr wohl kannst. Zeig es auch im Kontakt mit den anderen. Auch bei Selma, auch bei Tobias, bei allen, die hier so dominant sind. Sie müssen sehen, was du draufhast, dann nehmen sie dich ernst. Aber vor allem, Nike, musst *du* es sehen!«

»Rede mit ihr!«

Linda schlürfte aus ihrem Kaffeebecher und verschränkte die schlaksigen Beine. Wir saßen vor dem Proberaum, in dem wir gleich in szenischer Bewegung unterrichtet würden, auf einem Tisch.

»Ich kann nicht!«, sagte ich heftig.

»Dann mache ich es.« Sie stülpte ihre roten Lippen um und sah mich herausfordernd an.

»Auf keinen Fall!«

In dem Moment lief Jasper an uns vorbei. Er hatte einen Rucksack auf den Schultern und nickte uns zu. »Hallo, Nike«, rief er und deutete auf die Uhr. »Bin spät dran!« Und schon war er um die Ecke verschwunden. Zurück blieb ein Duft von Eukalyptus, frischer Wäsche und etwas, das ich nicht erkannte, aber mein Herz höher schlagen ließ. Reflexartig sog ich die Luft ein.

»Alles okay?«, fragte Linda und ihr Tonfall klang belustigt. »Brauchst du ein Taschentuch?«

»Äh …«, ich zwinkerte zweimal schnell, »nein danke. Mir geht's gut!« Linda zuckte mit den Schultern, holte eine noch harte Avocado aus ihrem goldenen Rucksack und schnitt sie in kleine Würfel, die wir uns mit spitzen Fingern in den Mund schoben.

»Kann ich auch ein Stück haben?«

Selma. Plötzlich stand sie neben uns. Sie hatte zwar Linda angesprochen, aber ihre Augen ruhten auf mir. Erst Jasper, nun Selma. Ich atmete tief durch.

»Nimm dir ruhig etwas. Das ist übrigens eine echte Friedensavocado«, sagte Linda bedeutsam, stand auf und ließ mich sitzend, Selma stehend zurück.

»Ja …«, sagte ich, nahm Lindas Messer und spießte mir noch ein Würfelchen auf. »Setzt du dich zu mir?«

Selma betrachtete kurz den klebrigen Tisch, dann zuckte sie mit den Schultern und ließ sich neben mir nieder.

Ich reichte ihr das Messer mit dem Avocado-Stück.

»Ähm …«, begann Selma und zum ersten Mal sah sie unsicher aus, »… was ich neulich gesagt habe, tut mir leid.« Sie betrachtete das grüne Stück in ihrer Hand. »Ich weiß, ich bin manchmal aufbrausend und emotional, und dann werde ich unfair. Ich kann nur nicht verstehen, wie man so ruhig sein kann und nie das Bedürfnis hat, sich zu zeigen.«

Das Blut schoss mir ins Gesicht. »Musst du ja nicht

verstehen. Du musst es nur akzeptieren.« Erst im Nachklang merkte ich, wie stolz ich auf diesen Satz war.

»Wahrscheinlich hast du recht.« Sie rieb sich über ihre Haut, samtweich und vom Sommer gebräunt. »Mir ist das hier sehr wichtig. Ich *muss* Schauspielerin werden. Alles andere macht für mich keinen Sinn.«

»Glaubst du, den anderen hier geht es nicht so?«

Sie sah mich durch ihre dicken schwarzen Wimpern an und schwieg.

Dann sagte sie unvermittelt: »Am Freitagabend feiern wir bei mir zu Hause eine kleine WG-Party. Komm doch auch.« Sie schob sich das Stück Avocado in den Mund, sprang galant vom Tisch und lief mit wiegenden Hüften den Gang entlang zum Treppenhaus.

12.

»Wir gehen da hin, oder?«, fragte Linda, als ich ihr später von Selmas Partyeinladung erzählte.

Ich sah sie perplex an. »Meinst du das ernst?«

»Na klar!« Linda schaukelte mit den Beinen und stützte sich mit ihren Händen auf der Tischplatte ab, auf der sie nun wieder saß. »Ich denke, ein größeres Friedensangebot wirst du von einer Person wie Selma nicht erhalten.«

Ich zuckte mit den Achseln. »Na dann.«

»Sei mal überzeugter!«, rief Linda und sprang von der Platte. »Sag: Juhu, ich gehe auf eine Party!« Sie riss die Arme in die Luft, ihre roten Lippen verzogen sich zu einem breiten Lächeln.

Ich lächelte matt. »Juhu, ich gehe auf eine Party.«

Linda wackelte mit dem Kopf. »Noch nicht perfekt, aber bis Freitag können wir ja noch üben.«

Sofort fragte ich mich, ob Jasper auch da sein würde. Kannten er und Selma sich?

Auch wenn es mir schwerfiel, es zuzugeben, bedauerte ich es doch sehr, dass wir uns in der Schule so selten trafen.

Der Freitag kam schneller als gedacht. Überhaupt waren die ersten Wochen an der Schauspielschule so rasend schnell vergangen, dass ich kaum gemerkt hatte, wie es bereits Winter geworden war. Erst als meine Mutter den Adventskalender aufhängte und der erste Schnee fiel, wurde mir das so wirklich bewusst.

»Ich gehe heute Abend auf die Party von einem Mädchen aus meinem Semester«, erwähnte ich beiläufig, als ich die Avocados in der Küche aufschnitt, während meine Mutter die Geschirrspülmaschine ausräumte.

»Wie schön!«, sagte sie. »Hast du schon Freunde gefunden?«

Ich dachte nach. »Nicht das Mädchen, auf dessen Party ich gehe, nein, aber ich denke, Linda könnte ich schon als Freundin bezeichnen.«

»Linda«, sagte meine Mutter, »lade sie doch mal ein.«

»Das mache ich.« Und dann begann ich, die Avocado mit Zitrone, Salz, Pfeffer, Tomaten und Chili zu einer herrlichen grünen Creme zu zermatschen.

Linda leuchtete mit ihrem Handy die Klingelschilder an.

»Selma …«, murmelte sie, »Selma.« Sie beugte sich vor, das Fladenbrot fiel ihr fast aus der braunen Papiertüte.

»Ich hab's!«, rief sie. Ich verlagerte mein Gewicht von einem Bein aufs andere und fühlte mich etwas unwohl. Linda war aufgedreht, ihre Lippen noch röter als sonst, ihr T-Shirt eng, der Rock knapp. Ich hatte lediglich etwas Wimperntusche aufgetragen, meine Haare gebürstet und sah ansonsten aus wie immer.

Der Summer ertönte und Linda drückte sich gegen die Tür.

»Voilà, Mademoiselle«, flötete sie und verbeugte sich elegant, sodass das Brot dieses Mal wirklich zu Boden fiel und einen Meter über den Steinboden rollte.

»Oh!«, rief Linda, rannte hinterher und packte es schnell zurück in die Tüte.

»Hat niemand gesehen«, meinte sie dann kichernd und begann, das schmutzige Treppenhaus zu erklimmen.

Wir kamen schnaufend im vierten Stock an. Die Tür war nur angelehnt und laute Musik dröhnte aus der Wohnung.

Selma riss die Tür auf und rief überschwänglich: »Hi!« Dann umarmte sie uns und drückte uns Küsse auf die Wangen. Sie roch nach Sekt. »Kommt rein!« Mit einiger Mühe schloss sie die Tür hinter uns und tanzte sich durch ein Meer aus Schuhen, das den kleinen Flur überflutete. Jacken machten den Raum noch schmaler, das Licht war gedimmt und die kritische Masse an Gästen schien bereits erreicht zu sein, dabei war es noch nicht einmal Mitternacht.

Männer, Frauen, jünger und älter standen herum, Plastikbecher mit bunten Getränken in der Hand, manche rauchten, sodass sich die Luft bereits schwer in die Lungen ziehen ließ.

»Wir haben Guacamole und Brot mitgebracht«, rief Linda über die laute Musik hinweg.

»Oh wirklich?«, kreischte Selma. »Dann gleich mal ab in die Küche!«

Sie schlug sich zwischen einigen Frauen auf hohen Schuhen durch, und wir liefen dicht hinter ihr, um in der kleinen Wohnung nicht verloren zu gehen.

Wir drückten uns durch eine offene Tür in eine überfüllte Küche. Ich meinte, einige Leute aus höheren Semestern zu erkennen, und wunderte mich, dass Selma sie offenbar bereits gut genug kannte, um sie zu ihrer Party einzuladen. Ob auch Jasper da war? Ich schlug mir den Gedanken aus dem Kopf.

»Hier ist das Buffet«, erklärte Selma und deutete auf einen Tisch vor dem Fenster. Nudelsalat, Chips, Gemüsesticks mit Quark. Ich stellte unsere Schüssel dazu und nahm den Deckel ab, Linda bettete das Brot daneben.

Selma riss sich direkt ein Stück ab und tunkte es in die grüne Creme.

»Hm«, seufzte sie, »ich liebe Avocado!«

»Ich auch!«, rief jemand hinter ihr. Vor der Spüle standen Pedro, Tobias, Marie, Chuy und Yusra aus unserem Semester. Es war Marie, die ebenfalls ihre Liebe zur Avocado geäußert hatte und sich ein Stück Gurke nahm, um es dick damit zu bestreichen. Sie schloss genüsslich die Augen.

»Wer hat die gemacht?«, fragte sie dann.

»Ich«, sagte ich leise und mit einem kleinen Lächeln.

»Wahnsinnig gut!«, entgegnete Marie und rief dann den anderen »Probiert mal!« zu.

Es stellte sich heraus, dass wir alle ohne Ausnahme große Avocado-Fans waren. Ich merkte, wie sehr es mich freute, dass die anderen meine Guacamole so mochten.

»Wir sind ein richtiges Avocado-Semester«, kicherte Yusra. Und bei dem Namen sollte es die nächsten drei Jahre bleiben.

Jasper kam nicht mehr. Ich wusste nicht, ob ich mich

freuen sollte, dass ich immerhin nicht wieder so aufgeregt wurde, oder ob ich traurig war, weil ich ihn gerne treffen würde. Ich entschied mich, mir meine gute Laune nicht verderben zu lassen. Immerhin hatte ich heute zum ersten Mal näheren Kontakt zu meinem Semester gehabt. Das musste doch für einen gelungenen Abend reichen.

Bereits kurz vor den Weihnachtsferien brachen die ersten drei die Ausbildung ab. Zwei hatten gemerkt, dass es doch nicht ihre Erfüllung war, und einer hatte einen Platz an einer renommierten Schauspieluni ergattert, sodass er dort noch einmal von vorne begann.

Der Avocado-Kern blieb: Linda, Selma, Tobias, Marie, Chuy, Pedro, Yusra, Josef, Solveig, Lilli und Daniel. Und ich natürlich. Zwölf Leute. Kleiner als eine Schulklasse.

Ich fühlte mich beim Schauspiel wieder wohler. Nach der Party wuchsen wir etwas mehr zusammen. Ich verstand mich gut mit Marie und Pedro, auch die anderen waren in Ordnung. Solveig fiel das Tanzen und die szenische Bewegung ähnlich schwer wie mir, sodass wir uns an einigen Nachmittagen Räume suchten, in denen wir alleine üben konnten.

Nachdem wir mal wieder eine Stunde versucht hatten, die Ballettschritte im Takt zu schaffen, brach Solveig in lautes Lachen aus und schüttelte die tiefschwarzen Locken. Sie grinste mich durch den Spiegel, der eine komplette Wand einnahm, an.

»Wir sind schon Bewegungsexpertinnen«, lachte sie, »zum Glück sieht uns hier niemand!«

Und doch blieb Linda meine Vertraute, die Einzige, die ich inzwischen wirklich als Freundin bezeichnen würde. Ich traf mich seltener mit Cora und Helene. Es fiel den beiden auf, doch ich konnte es im Moment nicht ändern. Irgendwie fühlte ich mich ihnen gerade nicht so zugehörig wie früher. Wobei … so richtig zusammengepasst hatten wir wohl nie.

Beim Sprechen und beim Schauspiel traute ich mich mittlerweile oft in die erste Reihe und kurz vor Weihnachten nahm Marita mich nach der Stunde zur Seite.

»Nike, du lernst dazu. Mach weiter so!«

Als ich dann auch noch Jasper im Gang begegnete, war meine Weihnachtsstimmung nicht mehr zu übertreffen.

Ich schlüpfte gerade in meinen Mantel, als er mir von hinten auf die Schulter tippe.

»Oh, hallo«, sagte ich und spürte, wie mein Gesicht heiß wurde. Ich versuchte das mit einem zu großen Grinsen zu überspielen, doch das machte es vermutlich nur schlimmer.

»Schön, dass ich dich noch treffe!«, entgegnete Jasper und klang etwas außer Atem. »Ich habe mir eben extra den Stundenplan des ersten Semesters angesehen und dachte, du wärst schon weg!« Er grinste und blickte kurz zur Seite. »Du siehst, ich gebe mir total Mühe, dich *zufälligerweise* auf dem Gang zu treffen.«

Ich glaube, ich wurde noch röter, falls das ging, und erwiderte einfach gar nichts, sondern spielte mit meinen Fingern an den Mantelknöpfen, fieberhaft auf der Suche nach einer schlagfertigen Antwort. Leider fiel mir überhaupt nichts ein. Ich war zwar schüchtern, aber jetzt fühlte ich mich wie ein eingeschüchtertes kleines Mädchen, und das wollte ich nun wirklich nicht sein!

»Jedenfalls …« Er hielt mir nach der kurzen Pause ein kleines buntes Päckchen mit einem goldenen Band hin.

Ich nahm es, es raschelte und ein fantastischer Duft strömte mir entgegen.

»Sind nur Kekse«, erklärte Jasper, »aber ich dachte, vielleicht freust du dich.« Dann zog er mich in seine Arme. »Frohe Weihnachten«, flüsterte er und sein Atem kitzelte bei diesen Worten ganz nah an meinem Ohr.

13.

Die ersten zwei Tage machte ich nichts. Absolut nichts. Und es ging mir gut dabei. Erst am dritten Tag nahm ich mir den Text vor, den ich für die Ferien bekommen hatte. Eine Szene aus *Der zerbrochene Krug*, die wahrscheinlich Teil meiner Zwischenprüfung in Schauspiel werden würde. Zum Glück waren die Prüfungen des ersten Semesters als Allerletztes angesetzt. Die höheren Semester waren schon kurz nach den Weihnachtsferien dran, ihre Prüfszenen auf der Bühne zu präsentieren, und die komplette Schule würde zusehen.

Ich las den ganzen Nachmittag und nahm mir besonders die Frau Brigitte vor, die Rolle, die ich spielen würde. Am Abend war ich seit Langem mal wieder mit Cora und Helene verabredet, traditionell, um auf dem riesigen Fernseher von Coras Eltern einen Film zu schauen.

Ich fuhr mit dem Bus. Las die Nachricht eines Jungen mit, der neben mir saß, doch das Lustspiel in meiner Tasche drückte gegen meinen Oberschenkel. Ich zog es hervor und begann erneut, darin zu lesen, die Nachricht des anderen war hingegen langweilig, wie ich fand.

Beinahe verpasste ich die Haltestelle, stieg dann aber doch etwas gehetzt aus und machte mich auf den Weg.

Beim Laufen las ich und stolperte zweimal über einen Bordstein, ich konnte mich einfach nicht losreißen. Zunächst lief ich an dem großen Haus vorbei, doch als der Weg jäh endete und ich plötzlich auf weichem Gras stand, fiel mir der Fehler auf und ich drehte mich um.

Bevor ich klingelte, musste ich mich regelrecht zwingen, das Buch wegzustecken. Ich seufzte und verstaute es in der Tasche. Dann drückte ich auf den Knopf und eine Cora, deren Haare länger waren, als ich sie in Erinnerung hatte, öffnete mir die Tür.

»Okay, welche Vorschläge habt ihr mitgebracht?«, fragte Cora, wickelte sich in eine Decke ein und zückte ihre DVDs. Mal wieder ein Tanzfilm und eine deutsche Liebeskomödie in Sepiafarben. Helene steuerte einen Horrorfilm bei, den Cora und ich gleich vehement ablehnten. Ich legte *My Fair Lady* dazu, Linda hatte ihn mir geliehen.

»Was ist das denn?«, fragte Helene mit einer Mischung aus Entsetzen und Neugierde. »Der sieht aber alt aus!«

»Oh!«, sagte Cora. »Willst du den *wirklich* sehen?«

Erst zuckte ich mit den Schultern, doch dann nickte ich. »Ich habe doch die nächsten zehn Filme Entscheidungsmacht. Habt ihr versprochen.« Ich grinste sie an. »Und ich werde für meine Prüfung in Sprechen daraus etwas einstudieren, quasi als Vorbereitung für Gesang, was nächstes Semester dazukommt.«

»Aber du kannst doch gar nicht singen«, platzte Cora heraus und sah dann peinlich berührt zur Seite. »Entschuldigung, das sollte nicht so heftig klingen.«

Ich atmete tief durch. »Singen kann man lernen«, sagte ich dann ruhig. Ich dachte daran, wie Solveig mir erzählt hatte, dass sie mittelmäßig tanzen, aber ganz gut singen könne. Und als ich sagte, dass ich auch das nicht kann, meinte sie nur: »Quatsch. Zum einen kann niemand *nicht* singen, zum anderen bist du hier, um es zu lernen. Es hat einfach etwas damit zu tun, ob man sich traut.«

Ich hatte das Gefühl, an der Schule herrschte die allgemeine Einstellung, dass man alles lernen konnte, wenn man nur wollte. Die meisten anderen waren recht selbstbewusst und jetzt, mit Cora und Helene vor den DVDs sitzend, merkte ich, dass ich von diesem Selbstbewusstsein auch profitierte.

Cora nahm die Hülle in die Hand. »Oh, mit Audrey Hepburn!«, rief sie dann und damit hatte sie das Urteil gefällt. Mir fiel auf, dass Cora schon immer die Dominanteste von uns dreien gewesen war. Meine Mutter sagte das seit Jahren, aber so richtig fühlen konnte ich es erst jetzt.

Kaum ging der Film los, wurde ich wie immer in die Handlung reingesogen. Eliza, die arme Blumenverkäuferin, die sich plötzlich in einem großen Haus, auf der Pferderennbahn und bei den feinen Leuten wiederfand, war so mutig und echt. Ich nahm mir vor, bei einer meiner kommenden Gesangsprüfungen auf jeden Fall ein weiteres Lied daraus zu singen.

Als der Abspann lief, war Helene schon eingeschlafen und schnarchte leise.

Cora stöhnte auf. »Endlich. Hättest du vorher gesagt,

dass der Film drei Stunden geht, hätte ich niemals zugestimmt.«

Irgendwie kränkte mich das. Ich blieb aus Höflichkeit noch einen Moment sitzen und ließ mir von Cora erzählen, welchen Stress sie schon wieder mit ihren Eltern hatte, doch dann verabschiedete ich mich mit der Entschuldigung, früh aufstehen zu müssen, weil wir über Weihnachten zu meinen Großeltern fuhren.

Cora umarmte mich flüchtig und Helene weckte ich nicht noch einmal auf.

Erst als die Haustür hinter mir ins Schloss fiel, löste sich eine Beklemmung in mir, die ich erst jetzt als solche erkannte. Ich atmete auf. Zückte den *Zerbrochenen Krug* und machte mich durch die Dunkelheit stolpernd auf den Weg zur Bushaltestelle.

14.

Ich mag meine Familie, ich liebe sie. Ich bin zum Glück in eine Gruppe von Menschen hineingeboren, die sich mögen, die wohlwollend zueinander sind und die sich freuen, mindestens einmal im Jahr, an Weihnachten, zusammenzukommen. Meine Mutter hat keine Geschwister und ihren Vater hat sie nie kennengelernt, deswegen bringen wir ihre Mutter einfach immer mit zur Familie meines Vaters.

Die Fahrt zu meinen Großeltern ist jedes Mal eine kleine Tortur. Die Autobahnen sind am Tag vor Heiligabend verstopft, unser Auto ist voll mit Geschenken für sämtliche Verwandtschaft und die Fahrt dauert bei gutem Durchkommen schon mindestens sechs Stunden. An diesem Tag dauerte sie acht. Wir hörten Hörbücher, wie früher. Meine Mutter saß hinterm Steuer, mein Vater schnitt Äpfel und reichte belegte Brötchen herum.

Ich starrte aus dem Fenster. Die Landschaft wurde immer weißer und immer bergiger. Meine Großeltern lebten am Rand der Alpen, weswegen ich fast jeden Sommerurlaub in Oberbayern verbracht hatte. Ab und zu war ich neidisch gewesen, wenn Cora mal wieder braun gebrannt aus Tunesien nach Hause kam oder aus Italien oder den

USA. Als wir klein waren, fragte sie einmal: »Wie, du bist noch nie geflogen?!«, und ich hatte nur trotzig geantwortet, dass ich gar nicht fliegen will, weil das Essen im Flugzeug so schlecht sei. Das hatte meine Mutter mal gesagt. Tatsächlich war sie aber in ihrer Jugend mit Leib und Seele Greenpeace-Aktivistin gewesen und lehnte Fliegen aus Umweltgründen ab. Ich bin bis heute noch nicht geflogen.

Die Bäume trugen hier bereits dünne weiße Gewänder, am Rand der Autobahn lagen Schneehaufen.

Ich dachte über den gestrigen Abend nach. Ich hatte gemerkt, dass sich etwas verändert hatte. Cora und Helene kamen mir plötzlich langweilig vor. Ich schämte mich, das zu denken, und ich wünschte mir, ich könnte diesen Gedanken von mir weisen, doch er blieb. Für mich waren sie derzeit uninteressant. Ich hatte gemerkt, dass auch sie weniger mit mir anfangen konnten, als noch vor drei Monaten. Sie schienen distanzierter, die Situation miteinander war unterschwellig angespannt, und als Cora mich mit den Worten: »Melde dich doch mal wieder öfter«, verabschiedete, war der Vorwurf unüberhörbar.

Meine Gedanken taumelten in einen unruhigen Schlaf. Verzerrte Bilder, Lieder aus *My Fair Lady* und Cora und Helene, wie sie mich vorwurfsvoll anblickten, ließen mich nicht zur Ruhe kommen.

Als meine Mutter mich mit den Worten: »Nike, wir sind da«, sanft weckte, war ich froh, endlich zu erwachen, mich zu strecken, auszusteigen und mich beim Anblick des weißen Fachwerkgebäudes zu Hause zu fühlen.

Meine Familie liebt gutes Essen. Alle. Wahrscheinlich kann mein Vater deswegen so gut kochen. Meinem Onkel mit seinem großen Bauch sah man das auch an, meiner Tante und meinen Großeltern weniger. Ich mag es, mit meiner Familie zu schlemmen. Wenn Leute wenig essen, finde ich das oft etwas unsympathisch.

An diesem Abend waren bereits mein Onkel, seine Frau, die beiden kleinen Söhne und meine Tante mit ihrer Freundin und ihrer Tochter aus einer früheren Ehe da. Meine Oma hatte einen großen Kartoffelauflauf zubereitet, den sie auf den gedeckten Tisch brachte. Mein Opa schenkte Wein ein, und obwohl meine Tante Isa »Bitte nur ein bisschen, Vater« sagte, wurde ihr der Rotweinkelch bis zum Rand vollgegossen. Verstohlen kippte sie die Hälfte in Meikes Glas und drückte ihr dann grinsend einen Kuss auf den Mund.

Die drei Kleinen spielten auf dem Teppich mit den Figuren aus der Holzkrippe und wurden zu Tisch gerufen. Dann begann das Durcheinander.

»Iiiih, ich mag keine Pilze!«

»Möchte noch jemand Wein?«

»Mama, ich kann nicht mehr!«

»Das hast du aber lecker gekocht, Marianne. Was für Käse nimmst du denn zum Überbacken?«

»Also, ich freue mich schon richtig auf morgen!«

»Wann kommt denn deine Mutter an, Anja?«

»Morgen früh, ich hole sie vom Bahnhof ab.«

»Darf ich aufstehen?«

»Alle Kinder können aufstehen!«

»Jaaa!«

»Und, Nike, was machst du jetzt so?«

Ich schluckte meine Kartoffeln runter. Das Rauschen der Gespräche hatte mich so angenehm eingehüllt, dass ich mich gar nicht daran beteiligt hatte. Die Kinder spielten nun wieder auf dem Teppich, die Teller waren weitestgehend geleert und mein Opa schenkte erneut Wein nach. Es war nun ruhiger geworden, alle saßen zurückgelehnt auf ihren Stühlen, gut gefüllt mit noch ein klein wenig Platz im Bauch für den Nachtisch, den meine Oma nie vergaß.

»Ich, na ja …« Auf einen Schlag kam wieder meine ganze Unsicherheit hoch, die ich nur auf der Bühne ablegen konnte. Leider war das hier ganz und gar keine Bühne.

»Nun mal raus damit!«, rief mein Onkel forsch und schwang sein Glas so heftig, dass etwas Rotwein auf die weiße Tischdecke schwappte. Isa hob die Augenbrauen.

»Deine Eltern haben doch erzählt, dass du eine Schauspielausbildung machst. Wie läuft das denn ab?«

»Du machst *was?!*«, warf Meike ein und versuchte ihr Entsetzen zu überspielen. Beinahe vorwurfsvoll zischte sie Isa zu: »Das hast du mir gar nicht erzählt.«

Isa senkte schuldbewusst den Blick.

»Ja, eine Schauspielausbildung«, wiederholte ich und sah unsicher zu meinem Vater hinüber. Die anderen Gespräche waren verebbt und die Blicke ruhten auf mir und Meike, die jetzt den Arm von Isas Schultern nahm.

»Ja, aber sag mal, Nike«, setzte Meike an und blickte, offenbar nach Bestätigung suchend, in die Runde. »Hast du dir das auch gut überlegt? Das ist doch kein richtiger Beruf.«

»Also, Anja und ich sind sehr froh, weil Nike etwas gefunden hat, das ihr Spaß macht«, entgegnete mein Vater sofort, mit einer Mischung aus Schärfe und Versöhnung. »Nur wenige schaffen die Aufnahmeprüfung und Nike gehört zu denen, die die Chance haben, von der Pike auf den Schauspiel-Beruf zu erlernen.«

Meike konnte ein kurzes Kopfschütteln nicht unterdrücken. »Aber Michael, Anja«, jetzt sah sie meine Eltern mit ihren wässrigen Augen an, »macht ihr euch denn gar keine Sorgen, dass Nike, bis sie dreißig ist, bei euch wohnt, keinen Job findet und ohne richtige Ausbildung dasteht?«

Ich erstarrte. Mein Herz begann zu klopfen, mein Gesicht wurde heiß.

»Meike!«, zischte Isa. »Jetzt lass doch!«

Aber so schnell war Meike nicht zu bremsen. »Doch, doch«, meinte sie nur, »ich würde das gerne wissen.«

Meine Oma erhob sich geräuschvoll und rief: »Ich hole dann mal das Himbeermousse.« Doch niemand beachtete sie, während sie mit der Schürze um die Hüften in die Küche wuselte.

Meine Mutter atmete tief durch und stand dann auf. Ich sah an ihrer zuckenden Augenbraue, dass sie wütend war, obwohl sie nach außen hin ganz ruhig wirkte. Mit ihrem langen braunen Haar und dem blauen Kleid sah sie aus wie eine antike Kriegsgöttin.

»Michael und ich machen uns keinerlei Sorgen um unsere Tochter. Wir sind froh und dankbar, dass sie etwas lernt, das ihr Freude bereitet und bei dem sie sich entwickeln kann. Und sie ist sehr jung. Sollte sie einmal das Gefühl haben, etwas anderes tun zu wollen, dann kann sie eine weitere Ausbildung beginnen.«

Mein Vater nahm ihre Hand und zog sie wieder sanft nach unten zu Tisch.

»Also, *ich* würde mir Sorgen um mein Kind machen.«

»Nur hast du keine Kinder und wirst niemals welche haben.«

Kurz durchfuhr mich ein Schreck bei diesen harten Worten. Dann wurde mir bewusst, dass sie aus meinem Mund gekommen waren, und eine heiße Welle durchflutete mich.

Meike starrte mich an, die Lippen leicht offen. Überrascht und verletzt. Von Isa wusste ich, dass sie sich immer gewünscht hatte, Mutter zu werden.

Ich überlegte, ob ich meine Worte zurücknehmen sollte, doch ich traute mich nicht.

Mein Großvater räusperte sich. »Wir sind eine Familie«, sagte er, »und wir haben euch alle in unser Haus eingeladen, damit wir ein schönes Weihnachtsfest zusammen feiern. Bitte respektiert das.«

Mein Onkel nickte heftig. Niemand sagte ein Wort.

Dann trat meine Oma aus der Küche, in der Hand eine riesige Glasschüssel. Mit ein wenig Sahne am Mundwinkel flötete sie: »Wer möchte Nachtisch?«

15.

Nach dem Weihnachtsfest wurde mir zum ersten Mal bewusst, dass Menschen von mir erwarteten, dass ich, so schnell es ging, überlegte, wie ich zukünftig möglichst sicheres Geld verdienen könnte.

Ich musste mir eingestehen, dass ich mir darum bisher wenig Gedanken gemacht hatte: Ich war achtzehn, wohnte noch bei meinen Eltern und hatte mit der Schauspielausbildung eher zum Spaß als aus großem Berufswunsch angefangen. Doch langsam begann ich die anderen zu verstehen: Selma und Tobias, die mit Biss an die Sache gingen. Solveig, der es so viel ausmachte, dass ihr das Tanzen schwerfiel. Linda, die sich Jahr für Jahr wieder beworben hatte, in der Hoffnung, endlich belohnt zu werden. Sicher hatten alle mit Vorbehalten zu kämpfen gehabt und deshalb nun das Gefühl, es sich selbst und auch den anderen beweisen zu müssen. Um am Ende als Gewinner und Gewinnerinnen dazustehen, ohne das »Ich hab's doch von Anfang an gewusst« der Kritiker.

Die Begegnung mit Meike bewegte etwas in mir. Ich merkte, dass ich mich möglicherweise für das, was ich tat, rechtfertigen musste. Nicht vor meinen Eltern, aber vor anderen. Und da erwachte zum ersten Mal dieser Funken in mir, der zum Feuer werden wollte. Ich wollte Schauspielerin werden und ich wollte gut werden, damit ich den Leuten am Ende sagen konnte: »Ich hab's doch immer gewusst. Und du lagst falsch.« Sicher nicht die beste Motivation, aber eine wirkungsvolle.

Am nächsten Tag mied ich Meike und verkroch mich mit dem *Zerbrochenen Krug* im Kinderzimmer meines Vaters, wo ich immer schlief. Ich las und las, lernte den Text. Irgendwann zog ich mich dick an und stapfte durch den Schnee, das Heftchen in der Tasche. Hinter einem umgefallenen Baum blieb ich stehen, sah mich verstohlen um und begann, laut meinen Text zu lernen.

Ein Mal schweiften meine Gedanken zu Jasper ab. Ich sah ihn plötzlich auf dem Baumstamm neben mir sitzen, den Kopf in den Nacken gelegt, während kleine Schneeflocken auf seiner Nase schmolzen. Er streckte die Zunge raus und fing die Eiskristalle auf. Ich tat es ihm gleich, und erst als ein kleiner Schneeklumpen vom Baum direkt in meinem Mund landete, verschwand der Tagtraum und ich blickte überrascht umher. Ich war noch immer allein.

Als ich am Nachmittag zurückkam, rief meine Mutter: »Da bist du ja! Wir warten schon mit den Keksen auf dich.«

Das stimmte. Alle saßen bereits dicht gedrängt im kleinen Wohnzimmer und blickten mich an, als ich reinkam. Ich schüttelte den Schnee von meinem Kopf und ließ mich auf den Teppich neben meine kleine Cousine sinken.

Wir blieben noch einen weiteren Tag. Traditionell ging es erst in die goldverzierte Kirche, meine katholischen Großeltern bestehen darauf, dann Bescherung unterm Weihnachtsbaum und dann die Weihnachtsgans, um die ich mich mal wieder erfolgreich herumdrückte. Und daraufhin der Abschied am nächsten Morgen.

Als Meike mich flüchtig umarmte, sagte ich: »Bis bald.« Eine Entschuldigung brachte ich nicht fertig.

Sie presste die Lippen aufeinander und nickte knapp. »Schon gut«, sagte sie, »ich will dir nur helfen, Nike. Denn du wirst sehen: Ich habe recht.« Mehr nicht.

Dann wandte sie sich schnell wieder Isa zu.

Nein, hast du nicht, dachte ich, aber laut sagte ich es nicht.

Die Weihnachtsferien waren kurz, nur eine Woche, und am kommenden Montag ging die Ausbildung wieder los.

Eine etwas andere Atmosphäre herrschte nun auf den Fluren und in den Unterrichtsstunden. Die Zwischenprüfungen standen kurz bevor und alle lernten ihre Texte, ihre Choreografien, fluchten und lachten.

»Zum Glück sehen wir die anderen Semester zuerst«, meinte Linda, die Nase in Kleists *Marquise von O.* »Ansonsten würde ich durchdrehen.«

Ich hatte ihr von Meikes Bemerkung erzählt und Linda hatte gekichert: »Sie scheint ja haargenau zu sein wie meine Eltern!«

»So schlimm?«, fragte ich ungläubig.

»Schlimmer!«

Ich fragte mich, wie Linda es aushielt. »Aber du wohnst doch noch bei ihnen.«

Linda zuckte mit den Schultern. »Allerhöchstens noch ein halbes Jahr. Sie meinten, im ersten Ausbildungssemester kann ich noch bleiben, danach muss ich ausziehen oder ihnen Miete zahlen.«

»Und dann?«

Linda zog sich die Lippen in einer raschen Bewegung mit dem roten Lippenstift nach und meinte dann scherzhaft: »Na, dann ziehen wir zusammen«, und las weiter.

Ich dachte über den Satz nach. Doch ich verwarf den aufkommenden Gedanken und griff ebenfalls nach meiner Lektüre.

Im Gegensatz zu den meisten anderen freute ich mich über die Prüfungsvorbereitung, zumindest in Schauspiel. Durch die ganzen Übungen und kleinen Improvisationen vermisste ich es, ein richtiges Stück zu erarbeiten, viel Text zu lernen und dann einfach in meine Rolle zu schlüpfen und zu spielen. Da kam das Erlernen einer Szene, eines Dialogs oder Monologs mir gerade recht.

Und während wir noch in unseren Vorbereitungen steckten und an Details feilten, stand das fünfte Semester schon einen Tag vor der Schauspielprüfung, der letzten vor ihrer Abschlussinszenierung.

Am Abend davor konnte ich nicht schlafen, als ob ich es wäre, die vor der ganzen Schule auftreten müsste. Vielleicht war es der Gedanke, dass Jaspers Semester auf der Bühne stand und ich ihn zum ersten Mal nach den Ferien wiedersah. Zum Glück saß ich an dem Tag noch im dunklen Publikumssaal.

16.

Das Saallicht erlosch, als der Vorhang zu zittern begann. Die Dozenten und Dozentinnen saßen in der ersten Reihe, ich zwischen Selma und Solveig ziemlich weit oben. Die Stuhlreihen der kleinen Bühne waren aus Holz und zum Klappen, wie im Kino. Nicht ganz bequem, aber dafür konnte man von jedem Platz aus gut sehen, da sie wie eine Treppe nach oben im Raum angeordnet waren. Jedes Mal wenn die Tür leise ins Schloss fiel, drehte ich mich um. Linda fehlte noch, natürlich. Aber auch andere aus den höheren Semestern kamen zu spät und versuchten sich unauffällig in den Raum zu schleichen. Ab und an drehte Marita sich um und verteilte strenge Blicke.

Dann lüftete sich der Vorhang zum ersten Mal. Zwei Mädchen, beide im Kleid und mit Schnürstiefeln. Ich erkannte einzelne Textzeilen. Die Szene war nicht lang, zehn Minuten vielleicht. Dann wurde geklatscht und das nächste Paar begann. Da betrat Jasper die Bühne und ich richtete mich auf. Als ich das bemerkte, lehnte ich mich ärgerlich wieder zurück. Doch ich konnte nicht leugnen, dass ich bei ihm besonders aufmerksam war. Lag es daran, dass er der Einzige aus dem fünften Semester war, mit dem ich schon ein paarmal geredet hatte? Oder doch daran, dass ich derzeit nicht an ihn denken konnte, ohne dass mein Herz höher schlug? In den Ferien war mir schon aufgefallen, dass ich die Möglichkeit vermisste, ihm jeden Tag begegnen zu können, und ich hatte das Ende der Woche fast herbeigesehnt. Und jetzt stand er dort oben, auf der Bühne, sagte Wörter und Sätze, die bei mir nicht hängen blieben, weil ich mich nur auf den Klang seiner Stimme, die Bewegung seiner Hände und das Leuchten seiner Augen konzentrieren konnte.

Wie mochte es für ihn sein, da oben zu stehen?

Ich stellte mir vor, wie sein Blick über den dunklen Publikumssaal glitt: Graue Schattengesichter, die jemanden suchten. Die Scheinwerfer blendeten ihn, er unterbrach den Text, lief zum Bühnenrand, drehte eines der Lichter und richtete es in den Saal. Die Leute kniffen die Augen zusammen und hielten sich die Hände vors Gesicht. Nur ein Mädchen nicht. Mit roten Haaren und grünen Augen lächelte sie ihm zu und stand auf. Er sprang von der Bühne, die ungläubigen Blicke aller auf ihm, ein paar beschwerten sich sogar, und er rannte zu ihr.

Das Klatschen des kleinen Saals riss mich aus der Träumerei und ich schüttelte den Kopf. Was war denn da gerade passiert?! Vielleicht hatte ich mit Cora und Helene in den letzten Jahren doch zu viele Kitschfilme gesehen. Ich griff nach meiner Flasche und trank einen großen Schluck kühles Wasser.

Jasper verbeugte sich kurz und ging von der Bühne.

Ob er mich vielleicht doch gesehen hatte?

So ging es fast zwei Stunden, bis alle einmal auf der Bühne gewesen waren. Ich war fasziniert, wie unterschiedlich sie spielten. Doch ich merkte, dass ich zu oft springen musste: von einem Drama zum nächsten, zum Roman, vom Monolog zum Dialog und wieder zurück. So kam ich nicht in den Sog, der sich normalerweise entwickelte, wenn ich im Theater war. Und das störte mich. Es störte mich sogar sehr. Wenn ich ehrlich war, konnte ich das Gefühl fast Enttäuschung nennen. Ich hatte mir das Spielen hier auf der Schulbühne spektakulärer, faszinierender vorgestellt. Die einzige Ausnahme bildete Jaspers Szene. Aber da hatte mein Theatersog vermutlich nicht nur mit der Szene selbst zu tun.

Als wir alle wieder raus ins Freie traten und sich die meisten anderen eine Zigarette anzündeten, kam Linda angerannt. Ihre Tasche peitschte gegen ihre Seite, ihr Haar durcheinander, rote Flecken im Gesicht.

»Bin ich zu spät?«, keuchte sie. »Zu spät?!«

Ich winkte ab und musste grinsen. »Viel zu spät.«

»Oh nein!« Linda blickte wütend zu Boden. Sie hatte es noch nicht einmal geschafft, ihren roten Lippenstift aufzutragen. »Wie war es?«

»Es war wunderbar«, tönte plötzlich eine schneidende Stimme hinter uns, »nur leider warst du nicht dabei.« Marita sah sie streng an und strich ihren Dutt glatt. »Linda, ich erwarte Disziplin und Pünktlichkeit. Von euch allen.«

Linda sah sie erst herausfordernd an, dann verkniff sie sich zum Glück einen Kommentar.

Einige Sekunden verstrichen. »Aber es war doch nur

die Prüfung der anderen …«, rutschte ihr dann noch raus.

»Wer nicht gewillt ist, von anderen zu lernen, der sollte es lassen!«, schnitt Marita ihr das Wort ab und lief weiter.

»Oh Mann.« Ich sah, wie zerknirscht Linda war, obwohl sie es zu unterdrücken versuchte.

Ich strich ihr über den Arm und bot ihr ein Erdbeerbonbon an. Sie griff zu.

»Hey, Nike.«

Ich wandte mich zur Seite. »Hallo, Jasper!« Sofort begann mein Herz wieder schneller zu schlagen und jetzt hoffte ich, dass er vorhin nicht bemerkt hatte, wie ich ihn während seiner Szene angestarrt hatte.

Er stand in einem Kreis mit den anderen Prüflingen, der Einzige, der keine Zigarette in der Hand hielt. Er löste sich aus der Gruppe, zwei Mädchen sahen ihm kurz nach, dann zogen sie wieder an ihren Zigaretten.

Auch ich ging einen Schritt auf ihn zu und spürte Lindas und Maries Blicke in meinem Rücken.

»Wie hat es dir gefallen, zum ersten Mal eine Prüfung zu sehen?« Er lächelte und seine Nase voll heller Sommersprossen verzog sich dabei ganz leicht.

Ich dachte einen kurzen Moment nach. Wollte ehrlich sein, aber nicht verletzend, und schon gar nicht wollte ich erzählen, was ich während seiner Szene gedacht hatte. Ich hatte ja noch nicht mal mitgekriegt, welche Rolle er gespielt hatte.

»Es war … schön«, begann ich und merkte selbst, dass das nicht gut klang. »Ich fand es toll, wie einige gespielt haben, und habe mich besonders über Szenen gefreut, die ich schon kannte.«

Jasper nickte und legte den Kopf schief. »Aber?«

»Na ja, irgendwie mag ich es nicht, nur einzelne Szenen herausgerissen aus der Geschichte zu sehen. Im Unterricht ist das etwas anderes, aber auf einer Bühne bin ich es gewohnt, etwas Vollständiges zu bekommen.«

Jasper nickte. »Das kann ich gut verstehen. Ich spiele auch lieber ganze Stücke als immer nur kleine Einzelteile.«

»Geht mir auch so! Das vermisse ich sehr!«

»An der Schule bekommst du nicht allzu oft die Chance dazu. Aber hast du dich schon mal nach Theatergruppen umgeschaut, bei denen du parallel mitspielen könntest?«

Ich horchte auf. »Nein. Geht das denn zeitlich neben der Schule?«

Jasper nickte. »Ich finde schon. Ich spiele nebenher in einem Laientheater. Zwei Leute haben uns kürzlich verlassen. Hast du Lust, mal mitzukommen?«

Ich dachte kurz nach. Fragte er mich wegen des Theaterspielens? Oder vielleicht doch wegen mir? Egal was es war, ich antwortete: »Gerne!« Und das war die beste Entscheidung meines ersten Semesters.

Teil 1
Spätherbstwind

Teil 2
Frühlingsgefühle

Teil 3
Sommerhoch

1.

Es dauerte noch über zwei Monate, bis ich zum ersten Mal Jaspers Einladung zu der Theatergruppe nachkam. Das lag vor allem daran, dass ich mich erst noch auf meine Prüfungen vorbereiten musste. Zum Glück hatten wir im ersten Semester noch nicht allzu viele Fächer und ich glaube, wir wurden bei unserer ersten Prüfung auch nicht allzu hart bewertet. Mein Herz klopfte laut, als ich auf die Bühne trat, doch an meine Szene kann ich mich kaum erinnern. In dem Moment, in dem ich die ersten Zeilen sprach, wurde ich die Frau Brigitte. Ich erwachte erst, als der Applaus aus dem Publikum des Schulsaals ertönte. Wie immer, wenn ich in eine Rolle schlüpfte.

Eine Dozentin, die ich bis dahin noch nicht gekannt hatte, legte später kurz ihre Hand auf meine Schulter und sagte: »Gut gemacht.«

Zwei aus meinem Semester fielen trotzdem durch. Lilli und Daniel. So waren wir schon nach drei Monaten auf zehn Leute geschrumpft.

Abends saßen wir vor der Schule und stießen mit Sekt an – und aßen Avocado-Creme mit Brot, an die Yusra glücklicherweise gedacht hatte.

Der zweite Grund, weswegen ich die Theatergruppe

noch nicht besucht hatte, war der, dass ich mich schlicht und ergreifend nicht traute. Ich überlegte, woran das liegen konnte. Sicherlich nicht am Schauspielen, denn danach sehnte ich mich mehr denn je. Vielleicht an den vielen fremden Menschen, die ich treffen würde? An der Überwindung, überhaupt vor ihnen zu spielen? Oder doch einfach daran, dass ich Jasper nicht mehr darauf angesprochen hatte und sich die Zeitspanne nun irgendwie zu lang anfühlte?

Wenn wir uns in der Schule begegneten, grüßten wir uns freundlich. Einmal hatten wir gleichzeitig Schluss, da redeten wir noch eine Weile miteinander, bis der Bus kam. Er erzählte davon, dass es jetzt, im sechsten Semester, nicht mehr um klassischen Unterricht ging, sondern darum, gemeinsam ein Abschlussstück zu inszenieren. Es war schon schade, jedes Mal wenn wir uns nicht sahen oder nur flüchtig ein paar Worte wechselten, wurde ich traurig, ärgerte mich oder fragte mich, warum wir so wenig Kontakt hatten. Das hatte doch vor den Ferien alles ganz anders ausgesehen und ich hatte die leise Hoffnung gehabt, dass wir uns nun öfter trafen. Und wenn wir dann doch die Zeit hatten, uns etwas länger zu unterhalten, hüpfte mein Herz und mir fehlten die Worte, was es für mich auch nicht leichter machte. Immerhin blieben die Umarmungen schön: lang und warm und unkompliziert.

Als wir uns nach dem Gespräch über sein Abschlussstück verabschiedeten, sahen wir uns wieder einen kleinen Moment zu lange in die Augen, dann umarmte er mich fest und sprang in den Bus. Er roch gut, das merkte ich noch, als die Türen sich vor mir schlossen.

Ich glaube, es war genau der Moment, wegen dem ich mich nicht traute, noch einmal nachzufragen: Weil ich plötzlich gemerkt hatte, dass er sogar besser roch als jeder andere, den ich bisher umarmt hatte.

Doch dann, Anfang März, erledigte sich das Problem von selbst. Seit Kurzem hatten wir neben szenischem Sprechen nun auch Gesang auf dem Stundenplan und ich kam gerade aus einer Einzelstunde. Da traf ich Jasper im Flur, wie er ein Poster ans Schwarze Brett pinnte. Ich blickte zur Seite, einerseits in der Hoffnung, dass er mich nicht bemerkte, andererseits aber auch weil ich insgeheim hoffte, dass er meinen Namen rief. Das zweite traf ein.

»Nike!«

Ich drehte mich um.

Seine braunen Augen leuchteten, als er mich anlächelte. In der rechten Hand trug er ein Paket Flyer und unter dem Arm ein paar weitere Poster. Das dämpfte meine Stimmung ganz kurz, denn so konnte er mich nicht umarmen.

»Hallo.« Ich lächelte, schulterte meinen Rucksack und pustete mir das rote Haar aus dem Gesicht.

»Wie gefällt dir das Singen?«

»Woher weißt du, dass ich gerade gesungen habe?«

Er grinste. »Dein Gesicht ist ganz blau. Du hast wohl zu wenig geatmet.«

Ich blickte ihn verdutzt an. »Was?!«

Jetzt lachte er. »Nein, im Ernst: Ich habe dich durch die Tür gehört.«

Jetzt wurde ich rot. »Das ist wohl kaum besser!«

Er hatte bemerkt, dass mir meine fehlenden Gesangskünste unangenehm waren, denn er wechselte schnell das Thema.

»Hier«, sagte er und hielt mir einen der Flyer hin. »Nächste Woche haben wir mal wieder ein paar Auftritte. Du hattest doch Lust mitzuspielen, oder? Dann könntest du dir mal etwas von uns ansehen und dich vielleicht mit Sylvia, unserer Regisseurin, unterhalten.«

Ich nahm den Flyer. »Gerne.« Ich lächelte, in der Hoffnung nicht mehr rot zu sein.

»Bring doch jemanden mit. Wir freuen uns über ein volles Publikum!« Dann hob er die Hand mit den Flyern und machte sich daran, ein paar Poster an den Toilettentüren festzukleben.

2.

Ich ging hin.

Linda nahm ich als Unterstützung mit und außerdem hatte Jasper ja beinahe darum gebeten, dass ich mir eine Begleitung als Publikumsfüller mitbrachte.

Ich hatte mich sogar schick gemacht, zumindest ein bisschen: Ich trug ein dunkelblaues Kleid aus leicht fallendem Stoff, dazu schwarze Lederschuhe und meine Wangen und Lippen hatte ich mit einem Hauch Rouge betupft.

Meine Mutter hatte fragend die Augenbrauen gehoben, und um die Situation nicht einfach im Raum stehen zu lassen, hatte ich hastig »Ich gehe ins Theater« genuschelt, während ich mit den engen Ärmeln meiner Jacke kämpfte. Dass ich mich normalerweise nie fürs Theater umzog, kommentierte sie zum Glück nicht.

Als Linda mich aus der S-Bahn steigen sah, pfiff sie.

»Holla! Du hast dich aber in Schale geworfen!« Sie war natürlich bei Weitem eleganter gekleidet als ich, und das, obwohl sie denselben Rock und dieselben Schuhe heute Morgen bereits beim szenischen Sprechen getragen hatte. Die Lippen rot wie immer hakte sie sich bei mir unter und im Gleichschritt liefen wir die Straße entlang, unsere harten Absätze klackten auf dem Asphalt.

»Hast du dich eigentlich bei der Komparsenagentur im Internet angemeldet?«, fragte sie mich und ich nickte.

»Ja, schon, aber bisher habe ich noch keine Anfrage bekommen. Und ich muss sowieso noch verschiedene Maße eintragen … meinen Hüftumfang und meine Hutgröße wusste ich auf die Schnelle nicht auswendig.«

»Mach das mal!«, verlangte Linda. »Ich bin am Wochenende wieder für zwei Tage gebucht und dieses Mal ist es sogar ein Kinofilm.«

»Oh toll!«, entgegnete ich begeistert. »Was spielst du denn?«

Linda winkte ab. »Ach … eine von wahrscheinlich fünfzig Ladys auf der Pferderennbahn. Aber ein Kostüm bekomme ich und sicherlich einen großen Hut!«

Dann waren wir bei dem kleinen Theaterhaus angekommen. Vor dem Eingang hatten sich die Leute versammelt und die Luft war erfüllt von Geplauder.

»Lass uns schon mal reingehen«, meinte Linda und zog mich zum Eingang. »Dann bekommen wir bessere Plätze.«

Wir bezahlten und liefen durch den kurzen dunklen Flur nach vorne. Soweit ich weiß, konnte man die Bühne als Gruppe mieten und dann mit den Einnahmen die Kosten decken. Sicherlich war Jasper deswegen so erpicht darauf gewesen, dass ich kam und noch jemanden mitbrachte. Der Gedanke versetzte mir einen kleinen Dämpfer und ich ärgerte mich darüber. Eigentlich wollte ich doch den Abend einfach genießen.

Linda bemerkte sofort, dass ich nachdachte, stieß mich

freundschaftlich an und meinte dann gut gelaunt: »Ich hole uns einen Sekt. Komm, ich lad dich ein!«

Ehe ich protestieren konnte, war sie schon aufgesprungen und die drei Reihen nach unten gestiegen. Der Saal war noch immer spärlich gefüllt und das dämmrige Licht ließ die hinteren Reihen fast unsichtbar werden.

In dem Moment, in dem Linda mit zwei Gläsern perlendem Sekt zurückkam, ertönte ein Glöckchen. Die Masse von draußen setzte sich in Bewegung und füllte nach und nach die Plätze um uns herum.

Es wurde dunkel. Ich hörte Linda atmen, meine Hände klammerten sich an dem dünnen Stiel des Glases fest. Dann ging es los.

Die zwei Stunden flogen vorüber wie zehn Minuten. Ich war hingerissen, es gibt kein passenderes Wort.

Jasper verwandelte sich auf der Bühne in einen Grenzbeamten, so unsympathisch und hart, dass ich es kaum glauben konnte. Dann spielte er wieder einen liebenden Vater, der so sanft war, dass ich ihn am liebsten in die Arme genommen hätte.

Ich stellte mir vor, neben ihm auf der Bühne zu stehen, sein Haar hinter die Ohren gestrichen, ein leichter Glanz von Scheinweferlicht auf seiner Stirn, ich würde seine Hand in meine nehmen und ihn ein Stück näher an mich ziehen.

Natürlich hielt ich mich zurück und krallte mich stattdessen an den Kanten meines Sitzes fest.

Erst als das Licht ausging und sich die Künstler in einer Reihe aufstellten, fiel die Spannung von mir ab und ich sprang klatschend auf. Einige andere taten es mir nach, auch Linda.

Sie schnalzte mit der Zunge. »Ziemlich gut«, meinte sie, »hätte ich mehr Zeit und müsste nicht so viel arbeiten, dann würde ich mir echt auch noch so eine Theatergruppe suchen.«

Ich blickte sie an. »Du hast recht«, sagte ich und entschied in dem Moment, mich endlich zu überwinden.

Die Schauspieler liefen noch drei Mal hinter die Bühne und wieder zurück, jedes Mal wurden sie mit lautem Applaus belohnt. Dann ging das Licht im Zuschauerraum an und das allgemeine Gemurmel und Taschengesuche begann.

Linda schlüpfte in ihre Jeansjacke und zog sich die Lippen nach. »Gehen wir?«

Ich reckte mich, um auf die Bühne zu blicken. »Ja gleich.«

Linda sah mich kurz an, dann grinste sie. »Ich verstehe. Ich warte einfach draußen.« Sie quetschte sich an mir vorbei durch die Reihe und wurde Teil der schlendernden Masse.

Ich lief absichtlich langsam jede einzelne Stufe hinab. Zwei der Schauspielerinnen waren bereits im Zuschauerraum und unterhielten sich mit einer etwas älteren Frau, die ihr dunkles Haar zu einem extravaganten Durcheinander aufgetürmt hatte. Wie konnte ich jetzt noch Jasper treffen? Ein Mann hinter mir beschwerte sich über meine Langsamkeit und drückte mich voran, sodass ich fast stolperte. In Zeitlupe gab ich mein leeres Glas zurück.

Zwei Jungs und zwei weitere Frauen kamen nun hinter der Bühne hervor und umarmten die anderen drei. Jetzt konnten nur noch drei Leute fehlen. Zwei Männer gesellten sich zu ihnen. Ich glaube, Jasper war der Letzte der Gruppe, der noch nicht aufgetaucht war.

Ich beobachtete die Szene. Erleichterte Gesichter, ausgelassenes Lachen, das Gefühl von Zusammenhalt. Wie musste es sein, ein Teil davon zu werden? Ich lief an ihnen vorbei, nahm Wortfetzen wahr, wurde durch die enge Tür gedrängt, in den Flur gespuckt und stand plötzlich draußen in tiefer Abenddämmerung.

Linda trat eine Zigarette aus und kam zu mir herüber. »Und?«, fragte sie.

»Nichts und«, entgegnete ich, ein wenig zu schroff vielleicht. Ich war enttäuscht und ärgerte mich. Dieses Mal hätte ich mich getraut! Ganz sicher.

»Du hast ihn nicht getroffen, oder?« Linda sah mich an und zog die Augenbrauen ein wenig hoch.

»Nein.«

»Hast du ihn gesucht?«

»Nee … wie denn?«

»Hinter der Bühne nach ihm fragen, auf der Bühne warten … irgendetwas tun.«

Jetzt ärgerte ich mich noch mehr.

»Lass uns gehen«, meinte ich in der Hoffnung, meine schlechte Laune so zu überwinden.

Linda sah mich skeptisch an. »Ich finde, du solltest noch mal reinschauen.«

»Bitte, lass uns gehen.« Mein Hals war eng geworden

und der Satz klang flehender als geplant. Meine Euphorie, meine Begeisterung, die das Stück in mir ausgelöst hatte, war verflogen.

Vor dem Theaterhaus standen nun Kleingrüppchen, unterhielten sich über das Stück, warteten auf noch fehlende Angehörige.

»Okay«, sagte Linda, »dann los.«

Ich trottete neben ihr her Richtung Straße. Mein Kopf fühlte sich schwer an, die Wut heiß. Ich hatte keine Lust, mich zu unterhalten und schwieg. Gerade waren wir durch das Gittertor auf den Bürgersteig getreten, da hörte ich meinen Namen.

»Nike!« Ich drehte mich um. Jasper! Jetzt wieder ohne Kostüm und mit tropfnassen Haaren rannte er auf mich zu. Mein Herz schien kurz zu hüpfen, die Wut verpuffte, meine Schultern strafften sich.

»Na also«, meinte Linda und klang erleichtert.

Jasper kam bei uns an und atmete durch.

»Dieses Mal kannst du nicht einfach weglaufen. Ich wollte dich doch Sylvia vorstellen!«

3.

Und dann lernte ich Sylvia kennen. Zum Glück war meine Scham darüber, dass Jasper dachte, ich wäre mit Absicht einfach losgegangen, geringer als die Freude, dass er mich noch eingeholt hatte.

Sylvia war die Frau mit der gewollt unordentlichen Frisur. Sie war klein und kompakt, ihre nackten Arme muskulös, ihr schlichtes Kleid schwarz und bodenlang. Sie stand noch immer in einer kleinen Gruppe vor der Bühne, als Jasper und ich auf sie zutraten. Ihre Augen waren grau und von dickem Lidstrich umrandet, ihr Händedruck fest, das Lächeln ehrlich.

»Das ist Nike«, sagte Jasper, »wir lernen an derselben Schule.«

»Freut mich.« Ihre Stimme klang rau.

»Mich auch.« Ich lächelte.

»Das ist Sylvia, unsere Regisseurin.«

»Ich mag dein Lächeln«, sagte Sylvia. Die anderen sahen mich neugierig an.

»Das Stück war großartig«, sagte ich und merkte, dass ich fast zu pathetisch klang. »Nicht nur das Thema war spannend und genial umgesetzt. Alle sahen so aus, als ob sie mit viel Leidenschaft dabei wären.«

Sylvia nickte. »Das ist richtig. Und du, Nike, du spielst auch?«

»Na ja …«

»Oh ja!«, setzte Jasper ein. »Ich habe sie neulich die Frau Brigitte spielen sehen und das war mehr als beeindruckend.«

Ich wurde erneut rot. Mir war nicht bewusst gewesen, dass er meine Prüfung gesehen hatte.

»Ich suche derzeit eine Theatergruppe«, beeilte ich mich zu sagen, um den vorigen Moment nicht zu lange auszudehnen. »An der Schule fehlt mir das Spielen ganzer Stücke und die Zusammenarbeit mit einer festen Gruppe.«

Sylvias Augenbrauen schnellten kurz in die Höhe.

»Wir haben im Moment tatsächlich einen leichten Frauenmangel. Wenn du möchtest, dann komm doch gerne mal zu einer Probe vorbei. Die nächsten zwei Wochen treten wir noch mit dieser Inszenierung auf, aber dann starten wir etwas Neues. Und wenn es dir und mir und den anderen gefällt, dann bist du das nächste Mal dabei.«

Wir redeten noch kurz und ich wechselte einige Sätze mit den anderen Mitgliedern, dann umarmte mich Jasper fest. Sein nasses Haar kitzelte meine Wangen.

Als er mich losließ und mir kurz in die Augen sah, meinte er leise: »Bis bald.«

Dann lief ich zurück zu Linda. Nein, ich schwebte. Das bemerkte auch sie.

»Hast du Seifenblasen gefuttert?«, grinste sie, und dann machten wir uns doch noch auf den Weg.

Die ganze Busfahrt über dachte ich an Sylvia und Jasper. Vielleicht wurde ich Teil der Theatergruppe. Vielleicht konnte ich schon bald wieder richtig auf der Bühne stehen.

Als ich endlich zu Hause ankam, war es bereits kurz vor Mitternacht. Ich schlich mich leise in den Flur, zog die Schuhe aus und ging auf Zehenspitzen in mein Zimmer, um meine Eltern nicht zu wecken. Besonders mein Vater hatte einen leichten Schlaf. Aus Gewohnheit startete ich meinen Laptop. Vielleicht konnte ich noch einen Film gucken, morgen war Samstag. Mit einem hellen Ton ploppte ein Briefumschlag auf. Eine E-Mail.

Als ich den Absender las, klickte ich aufgeregt darauf. Die Komparsenagentur hatte mir eine Anfrage geschickt. Ich sollte eine Schülerin in einem Fernsehfilm spielen. Sofort bestätigte ich. Meine Freude wuchs.

Endlich ging es richtig los!

Nach diesem Abend der Hochgefühle, fiel es mir schwer, nicht allzu aufgekratzt zu sein. Ich tanzte ein bisschen zu leiser Musik auf meinem Teppich, und als ich auf die Uhr blickte, bemerkte ich erschrocken, dass es bereits drei geworden war. Schnell schlüpfte ich in meinen Schlafanzug, machte die Musik aus und löschte das Licht. Schlafen konnte ich nicht. Erst als die Dämmerung schon durch mein Fenster schimmerte, fiel ich in einen wirren Schlaf, der mich gegen Mittag etwas durcheinander und trotzdem glücklich erwachen ließ.

Der Montagvormittag war wieder ernüchternd. Wir hatten zum ersten Mal Fechtunterricht. Kein sportliches Fechten, sondern szenisches mit Choreografie. Ich weiß nicht, warum mir die Bewegungsfächer so schwerfielen. Ich bin zwar ein unsportlicher Mensch, aber ich besitze Körperspannung, doch wahrscheinlich fehlt es mir ein Stück weit an Rhythmusgefühl. Zumindest hatte ich bei Gesang ebenfalls diese Probleme. Solveig schien es ähnlich zu gehen. Nachdem wir den Trainingsraum verlassen hatten, mit roten Köpfen und Schweißflecken auf dem T-Shirt, nickten wir uns verstohlen zu. Auch fürs Fechten würden wir wohl gemeinsames Extratraining einbauen.

Wir hatten nun eine Stunde Pause, ehe es mit Schauspiel weiterging.

»Gehen wir etwas essen?«, fragte Linda und ich tupfte mir nickend das Gesicht mit einem Handtuch ab. »Erst duschen?«, fragte ich.

»Erst essen!«

Ich zuckte mit den Schultern, schließlich hatte ich auch Hunger. Ich warf mir also meine Jacke über, Linda zog ihren roten Lippenstift nach und wir liefen aus der Schule über die beiden Innenhöfe hinaus auf die Straße.

Linda lief zielstrebig in Richtung ihrer Lieblingsbäckerei. Ich war noch etwas geknickt, weil ich mit dem Fechten solche Schwierigkeiten gehabt hatte, doch ich wusste auch, dass ich mir die Laune nicht verderben lassen durfte. Schließlich war der Samstagabend so schön und vielversprechend gewesen!

Ein gelbes Blatt flatterte an mir vorbei, ein verspätetes Herbstblatt. Ich stellte mir vor, wie leicht es sein musste, vom Wind getragen zu werden. Aber warum jetzt im Frühling? Es war sicher, kurz nachdem es vom Baum gefallen war, nur wenige Meter weiter in einen Dachfirst gewirbelt worden. Dort trocknete es, hatte den ersten Schnee beobachtet und den Winter verbracht, bis die Frühlingssonne zurückkehrte. Den leisen Wunsch endlich zu fliegen, wie jedes vernünftige Herbstblatt, hatte es schon beinahe aufgegeben, als heute endlich ein kleiner Vogel nach ihm gepickt und es so auf den Weg geschickt hatte.

Linda, die meinem Blick gefolgt war, fragte: »Denkst du etwa gerade über dieses Blatt nach? Es gibt doch Wichtigeres. Jetzt mal Klartext, Nike: Was ist das mit dir und Jasper?«

Ich zuckte zusammen und drückte schnell die Tür zur Bäckerei auf. Das altmodische Glöckchen bimmelte leise.

»Was meinst du?« Meine Stimme klang etwas gepresst.

»… wie du ihn ansiehst … wie er dich ansieht…«, säuselte Linda grinsend.

»Du machst dich über mich lustig, oder?«, fragte ich vorsichtig.

»Nur ein bisschen. Wenn du was erzählst, dann muss ich das nicht.«

»Das ist Erpressung.« Doch ich grinste jetzt auch. Ich würde ja gerne etwas erzählen. Aber so richtig gab es nichts. Noch nicht?

»Was darf's denn sein?« Die mollige Verkäuferin lächelte uns mit rosa verfärbten Mundwinkeln an. Hinter ihr auf der Theke stand ein großes Stück Himbeer-Sahnetorte, halb aufgegessen.

»Ich nehme ein Kürbiskernbrötchen mit Tofu und Senf, einen Donut und ein Stück Streuselkuchen.«

Ich betrachtete die Auslagen. Mir gefiel, dass man sah, wie handgemacht alles war. Ich entdeckte ein Stück Apfelkuchen, das an der Ecke etwas zerknautscht aussah. Eine kleine Ente aus Marzipan saß schief darauf und blickte mich herzzerreißend an.

»Eine Laugenbrezel und ein Stück Apfelkuchen«, meinte ich, ohne die Ente aus den Augen zu lassen. Wie es wohl als Marzipantier auf einer Torte war? Hinter einer Scheibe, begutachtet von Hunderten Augenpaaren am Tag?

Die Verkäuferin wollte mir das perfekte Stück Kuchen neben dem von mir fixierten geben, doch ich schüttelte den Kopf und zeigte auf die schiefe Ente: »Das da bitte.«

4.

Wir setzten uns auf eine Bank an einem Spielplatz in der Seitenstraße. Hungrig biss Linda in ihr Brötchen und schmierte den Lippenstift auf die Körner.

»Also«, schmatzte sie, »jetzt aber!«

Auch ich brach erst mal ein Stück von meiner Brezel ab, das dicke weiche Stück am unteren Rand, denn das war noch warm. Ich merkte, wie ungeduldig Linda war, doch ich ließ mich nicht aus der Ruhe bringen.

»Ich weiß auch nicht so genau«, begann ich dann. »Eigentlich kenne ich ihn ja gar nicht so richtig. Aber seit meinem ersten Tag bin ich ihm öfter begegnet. Und irgendwie … na ja, ich bin schon immer etwas aufgeregt in seiner Gegenwart.«

»Aaaaha!«, meinte Linda zufrieden. »Du bist also verliebt!«

»Nein!«, entgegnete ich und wunderte mich über meine Heftigkeit. »Ich meine, ich bin gar nicht …« Ich geriet ins Stocken.

»Beschreib doch mal.« Linda brach jetzt ein Stück von ihrem Donut ab und schob es sich in den Mund.

»Also …« Ich schloss die Augen und atmete tief durch. »Ich freue mich, wenn ich ihn sehe. Aber ich hoffe auch immer ein bisschen, dass wir uns nicht treffen, weil ich mich dann so unsicher fühle. Wenn wir miteinander reden, kann ich den Blick nicht von ihm wenden. Er hat sehr schöne Augen! Und … ich würde ihn gerne besser kennenlernen. Nicht so ein oberflächliches *Hallo* und *Tschüss* in der Schule.« Ich öffnete die Augen wieder und war überrascht von dem, was ich gesagt hatte.

Linda zuckte mit den Schultern. »Nenn es, wie du willst. Für mich klingt es mindestens verknallt.«

Ich aß noch ein Stück Brezel und verschluckte mich an einem Salzkorn. Nachdem ich mich ausgehustet hatte, dachte ich noch einmal kurz nach. »Ich mag seine Umarmungen. Und wie er riecht.«

»Verknallt.«

Wir saßen noch eine Weile auf der Bank, aßen und hingen unseren Gedanken nach. Ich war froh, dass Linda nicht weiter nachfragte, denn ich merkte, dass ich gerade selbst ganz schön durcheinander war.

Als ich mir die kleine Ente mit fast schlechtem Gewissen als letzten Bissen in den Mund schob, beschloss ich, dass es jetzt Zeit war, das Thema vollends zu wechseln.

»Ich habe morgen auch zum ersten Mal eine kleine Komparsenrolle.«

»Cool!«, rief Linda und hielt mir die Hand zum Einschlagen hin. »Für was denn?«

»Irgendein Fernsehfilm, ich bin Schülerin.«

»Richtig gut! Dann können wir nach und nach das Geld sammeln und irgendwann eine Wohnung suchen.«

Ich lachte. »Meinst du das ernst?«

»Klar. Eine WG mit uns wäre doch klasse!«

Der Gedanke gefiel mir, so wie mir ein schöner Traum gefällt, und wir spannen noch ein wenig herum.

»In der Küche haben wir eine Durchreiche zu unseren beiden Zimmern und backen uns immer gegenseitig Kuchen.«

»Wir teilen uns alle Kleider!«

»Auch Unterhosen?«

»Ja!«

»Okay.«

»Wir machen eine riesige Einweihungsparty.«

»Au ja. Ja, das ist sehr realistisch.«

Ich sah auf mein Handy. »Mist! Wir sind schon fast zu spät dran!«

Linda stopfte sich das letzte Stück Streuselkuchen in den Mund und wollte schon aufspringen. »Moment!«, unterbrach sie dann und hob ihren Finger in die Luft. Schnell zog sie sich die Lippen nach. »Jetzt!«

Und dann rannten wir los.

Mein Wecker am nächsten Morgen klingelte früh. Zu früh. Schlaftrunken drehte ich mich auf die andere Seite, verwirrt, wieso er bereits um sechs Uhr klingelte, doch dann fiel es mir siedend heiß ein: der Dreh.

Sofort war ich wach und saß kerzengerade im Bett. Ich wusste, eigentlich war meine Aufgabe bei diesem Film nicht der Rede wert, und doch war ich aufgeregt. Ich spürte, dass dies erst der Anfang sein sollte.

Meine Kleidung hatte ich schon am Vorabend zurechtgelegt. Per E-Mail hatte ich die Anweisungen erhalten: einfarbig, gedeckt und ich sollte mindestens zwei komplette Outfits mitbringen.

Ich schlüpfte in einen dunkelblauen Pulli und einen grauen Rock mit schwarzer Strumpfhose, den ich aus dem Kleiderschrank meiner Mutter geliehen hatte.

Neutraler ging es wirklich nicht mehr.

Im Bad putzte ich mir die Zähne und kämmte mir meine langen roten Haare. Zum Glück hatte ich wenigstens keine sehr auffälligen Augenringe. Ich sollte ungeschminkt zum Set kommen, also schlich ich mich leise nach unten, um meine Eltern nicht zu wecken. Ich packte mir noch einen Apfel und meine Brotdose ein, die ich schon am Abend vorbereitet hatte, und verließ dann das Haus.

Draußen war es noch dunkel. Mein Atem schlug weiße Wolken in den frühen Morgen, im Licht der Straßenlaternen flogen sie gen Himmel und verloren sich vor dem sternenlosen Blau. Kurz blieb ich fasziniert stehen und beobachtete die Wölkchen. Dann riss ich mich los und lief im Stechschritt zur Bushaltestelle. Ich hätte mich gar nicht beeilen brauchen, denn der Bus bog erst eine Viertelstunde später mit glühenden Frontlichtern um die Ecke.

Und doch war ich zu früh, fast eine halbe Stunde. Als ich bei der Gruppe aus Autos und Bullis ankam, herrschte schon geschäftiges Treiben. Ein improvisierter Catering-Wagen, einer mit der Aufschrift *Kostüm*, vor dem sich bereits Kleiderstangen und haufenweise Schuhe befanden. Einer, auf dem *Maske* stand. Staunend sah ich den Menschen zu, die von rechts nach links rannten, Kabel und Scheinwerfer in den Händen, Kleidung über den Arm geworfen und Schweißflecken auf den grauen T-Shirts, obwohl es gerade mal acht Uhr morgens war.

»Hey«, rief mir ein Typ mit schwitzigem schwarzem Haar zu. »Suchst du wen?«

Ich schluckte. »Ja«, sagte ich dann und kramte nach dem Zettel, auf den ich mir alles Wichtige aufgeschrieben hatte. »Ich suche … Dominik?«

»Da bist du bei mir richtig. Komparsin?«

Ich nickte.

»Na dann komm mal mit.«

Ich folgte ihm an dem Catering-Wagen vorbei zu einem kleinen Container, der neben der Schule stand, in der wir wohl drehen würden.

Drinnen standen einige Bankreihen und Tische.

»Du kannst deine Sachen hier ablegen«, sagte Dominik. »Hast du deine Unterlagen dabei?«

Ich gab ihm meinen Ausweis und meine Sozialversicherungsnummer. Er trug alles in einen Bogen Papier ein.

»Den Rest füllst du bitte selber aus, am Ende schreibe ich dir deine Stundenzahl auf, damit wir deine Gage abrechnen können.«

Während ich meine Daten angab, trafen bereits andere Komparsinnen ein und wurden von Dominik instruiert.

Ein Mädchen mit langem schwarzem Haar ließ sich neben mir nieder und füllte ihren Bogen aus. Sie war schneller als ich, wir gaben gleichzeitig ab.

Dann lächelte sie mich an. »Ich bin Sarah«, sagte sie.

»Nike.« Ich reichte ihr die Hand.

Sie zog kurz die Augenbrauen hoch, doch sie kommentierte meinen Namen nicht.

»Bist du auch zum ersten Mal dabei?«, fragte ich sie.

»Nein, ich mache das ziemlich regelmäßig.« Sie erzählte ein paar lustige Geschichten von ihren letzten Drehtagen und es gesellten sich immer mehr Leute zu uns. Der Container wurde voller. Zum Glück konnten die anderen auch von ihren bisherigen Erfahrungen berichten, denn es dauerte fast zwei Stunden, bis es für uns weiterging.

Zunächst einmal begutachtete eine ältere Frau die Kleidung, die wir mitgebracht hatten. Mit mir war sie zufrieden, doch bei Sarah rollte sie mit den Augen. Lediglich meine Schuhe mochte sie nicht, deshalb brachte sie mir neue, die ein wenig zu eng waren.

Dann passierte wieder eine Stunde nichts. Sarah hatte sich schon darauf vorbereitet und ein Kartenspiel mitgebracht. Und so stellten wir uns vor den Container, spielten Karten und sahen zu, wie die Sonne immer höher kroch und der Tag langsam verstrich.

5.

»Komparsen! Fertig machen zum Dreh!«

Na endlich. Allgemeines Raunen erfüllte die Menge. Wir waren inzwischen sicher dreißig Leute geworden.

Dominik führte uns über den Schulhof, zwei lange Flure entlang in ein Klassenzimmer. Einige Männer bauten Scheinwerfer und Kamerastative auf. Wir setzten uns in die Schulreihen. Aufgeregtes Getuschel erfüllte den Raum.

Dominik drückte sich kurz ans Ohr, um durch den Knopf die Anweisungen zu hören, die er bekam. Er nickte und wandte sich dann uns zu.

»Also, Leute, die Szene ist folgende: Eure Mitschülerin Paula, die Protagonistin des Films, soll an der Tafel eine Aufgabe rechnen. Es gelingt ihr nicht und sie gerät in einen Streit mit dem Lehrer. Alles, was ihr tut, ist mitzuschreiben, in den Heften auf den Tischen zu blättern und lautlos mit euren Nachbarn zu tuscheln. Und merkt euch, was ihr macht! Ihr müsst genau das Gleiche bei den verschiedenen Aufnahmen immer wieder tun. Alles verstanden?«

Wir nickten. Einmal probten wir, dann wurde aufgenommen. Erst von vorne, von hinten, von der Seite, noch mal von vorne. Immer der gleiche Ablauf: ins Heft schreiben, Sarah anstoßen und tonlos kichern, wieder ins Heft schreiben und dann nach vorne blicken. So ging es beinahe zwei Stunden. Mal stimmte das Licht nicht, mal störte jemand, dann vergaß die Schauspielerin den Text oder ein Komparse sah aus Versehen in die Kamera.

»Und bitte …«, ertönte es jedes Mal aufs Neue, wenn es losging. In der Nacht würde ich sicher von diesem Ruf träumen.

Eine ähnliche Szene drehten wir dann noch in einem Vorlesungssaal.

Mein Magen knurrte. Ich wurde müde und bekam schlechte Laune. Als es schon kurz vor vier war, rief endlich jemand: »Pause!«

Ich stöhnte auf und Sarah verdrehte die Augen.

»Ist wohl eine schwere Geburt.«

Dominik führte uns zum Catering-Wagen. Für uns gab es Linsensuppe. Nicht mein Lieblingsessen, aber zusammen mit meinen selbst geschmierten Broten war es ganz lecker.

An meinem letzten Löffel verschluckte ich mich dann fast. Ich traute meinen Augen kaum. Wenige Meter weiter stand Jasper in einem Anzug und mit einer Tasse Kaffee in der Hand.

Meine Lider flatterten und mein Mund wurde trocken. Verwechselte ich ihn?

»Halt mal kurz«, sagte ich zu Sarah und reichte ihr meinen fast leeren Teller. Dann lief ich hinüber, konnte noch immer nicht ganz glauben, dass er hier war.

Ich tippte ihm auf die Schulter und er drehte sich um.

»Nike!« Seine Augen weiteten sich, sein Mund verzog sich zu einem überraschten Lächeln. »Was machst du denn hier?« Er drückte mich an sich. Sein Geruch strömte in meine Nase und mein Herz klopfte gegen seine Brust. Schnell trat ich einen Schritt zurück, damit er es nicht merkte.

»Ich bin als Komparsin hier.«

»So ein Zufall! Dann drehen wir sicher gleich zusammen!«

»Warum, was machst du hier?«

»Ich habe eine ganz kleine Rolle. Ich bin der Klassenstreber und muss gleich im Klassenzimmer eine Aufgabe korrekt vorrechnen.«

Er grinste und strich sich über den Kopf. »Ich habe sie ziemlich lang auswendig lernen müssen. Mathe gehört nämlich nicht gerade zu meinen Talenten.«

Ich drehte eine Haarsträhne um meinen Finger und wusste nicht mehr so recht, was ich sagen sollte. »Und …«, überlegte ich, »wie kommt es, dass du eine kleine Rolle hast?«

»Eine Freundin meiner Mutter arbeitet beim Kostüm und hat mich vorgeschlagen.«

»Vitamin B also.«

Die Bemerkung schien etwas Unwohlsein bei ihm hervorzurufen. »Ja. Ein bisschen schon.«

Ich merkte, dass ihn das getroffen hatte, also sagte ich schnell: »Ein bisschen kann ja nie schaden.«

Seine Augen wurden wieder weicher und er legte den Kopf ein wenig schräg.

»Komparsen, bereit machen, es geht weiter!«, hörte ich Dominiks Stimme von weit her rufen.

»Ich muss los«, sagte ich.

»Wir sehen uns sicher gleich«, entgegnete Jasper und leerte seine Tasse. »Und Nike?«

»Ja?«

»Was machst du nach dem Dreh noch so?«

Die zweite Hälfte war nun weniger anstrengend, da alle etwas gegessen hatten und die Schauspielerin sich in der Pause ihren Text ansehen konnte.

Dieses Mal saßen wir in einem anderen Klassenzimmer in anderer Kleidung und die Protagonistin stand erneut vorne an der Tafel und sah zu, wie Jasper eine perfekte Gleichung rechnete. Ich konnte den Blick nicht von ihm wenden. Deshalb war mein Ablauf dieses Mal nach vorne schauen, seufzen, den Kopf aufstützen und weiter nach vorne schauen. War auch einfacher zu merken als beim ersten Mal.

Als der Ruf »Haben wir im Kasten« ertönte, brach erneut allgemeines Gemurmel aus.

Jasper schüttelte seine Schultern und nahm eine lässigere Körperhaltung an. Dann begann er sich mit der Schauspielerin zu unterhalten.

Als wir Komparsen aufstanden, wollte ich zu ihm gehen, doch Dominik rief: »Alle zu mir kommen.«

Wir scharten uns in einem Kreis um ihn. Er hörte kurz zu, was der Knopf im Ohr sagte, dann meinte er: »Wir fahren jetzt noch mit ein paar von euch an eine Tankstelle zum Außendreh. Der Rest kann nach Hause gehen.« Aus den Augenwinkeln sah ich, wie Jasper aus dem Klassenraum kam, mir zuzwinkerte und mit den Lippen *Gehen wir?* formte.

»Du«, er tippte Sarah an. »Du und du«, die zwei Jungs neben mir. »Du auch«, ein Mädchen mit blondem Bürstenschnitt. Er ging dicht an mir vorbei. Ich dachte an Jasper und dass wir jetzt zusammen gehen könnten.

Nicht ich, hoffte ich und presste die Augen zusammen, *bitte nicht ich.*

»Uuuuuund …« Er drehte sich blitzschnell wieder zu mir um und legte die Hand auf meine Schulter. »Du!«

Mist!

Die anderen vier Auserwählten und ich trotteten zu einem Wagen. Ich drehte mich um und suchte Jasper.

»Nike!« Er kam auf mich zugerannt und lief dann neben mir. »Wollen wir los? Hast du Hunger? Wir könnten etwas kochen.«

Wie verlockend! Mein Herz klopfte schon wieder.

»Ich kann leider nicht«, entgegnete ich und konnte die Wehmut in meiner Stimme nicht ganz verbergen, »ich soll noch zu einem Außendreh mitkommen und es ist nicht ganz klar, wie lange das dauert.«

»Oh, schade.« Er klang enttäuscht, doch schnell lächelte er wieder und strich mir über den Kopf. »Dann sehen wir uns aber in der Schule oder spätestens nächste Woche endlich bei den Theaterproben.«

»Genau.« Ich lächelte und versuchte meine schlechte

Laune zu überspielen. Blöder Außendreh! Nur eines daran war gut: Jasper schien ehrlich traurig darüber zu sein, dass wir uns nicht treffen konnten. Dann war es keine Höflichkeitsfloskel gewesen. Und das freute mich. So sehr, dass ich Stunden später den ganzen Heimweg über an nichts anderes denken konnte.

6.

Am nächsten Morgen war ich todmüde. Ich hatte erst mittags Unterricht, aber da der Außendreh noch bis elf Uhr am Abend gedauert hatte, war ich spät zu Hause gewesen und hatte dann noch Texte für Theater- und Kulturgeschichte lesen müssen.

»Wie siehst du denn aus!«, begrüßte mich Linda, als ich müde in den Raum geschlappt kam und mich neben sie auf den Stuhl warf. Sie drückte mir ihren Becher Kaffee in die Hand. »Trink den. Ich hole mir schnell einen neuen.«

Als sie mit einer zweiten dampfenden Tasse zurückkam, sah sie mich eine Weile an. Dann holte sie eine Bürste raus, strich sie durch ihr hellblondes ohnehin perfekt glattes Haar und sagte dann beiläufig: »Meine Eltern schmeißen mich raus.«

»Was?!« Ich verschluckte mich am Kaffee.

»Hatte ich doch erzählt: Im ersten Semester kann ich noch bleiben, danach muss ich mich selbst um eine Wohnung kümmern.«

»Oh.« Ich wedelte mir mit der Hand vor den Lippen herum, die ich mir an meinem zu großen Schluck verbrannt hatte.

»Wie sieht es bei dir aus? Willst du ausziehen?«

Ich hatte bisher noch nicht ernsthaft darüber nachgedacht, obwohl mir natürlich aufgefallen war, dass ich und Linda die Einzigen in unserem Semester waren, die noch zu Hause wohnten.

»Na ja …«, murmelte ich, »… muss ich ja auch bezahlen können.«

»Kindergeld und bessere Komparsinnenjobs«, gab Linda prompt zurück. »Nein, jetzt ernsthaft: Ich würde total gerne mit dir zusammenwohnen. Du kannst ja mal drüber nachdenken und mir Bescheid geben. Ich werde jetzt anfangen, nach Wohnungen zu schauen, denn nächsten Monat muss ich raus.«

Ich nickte. »Im Prinzip habe ich schon Lust«, sagte ich dann und meinte es auch so. »Ich denke einfach mal drüber nach.«

Dann kam unser Dozent rein.

»Wir reden später weiter«, zischte Linda. Doch danach war szenische Bewegung und dann Gesang und dann musste Linda sich beeilen, weil sie mit ihrem Hund einen Tierarzttermin hatte.

Ich dachte den ganzen Tag über Lindas Idee nach. Klar, sie hatte den Gedanken schon ein paarmal geäußert, aber doch eher im Scherz. Jetzt schien es wirklich real zu sein.

Ich übte noch eine Stunde mit Solveig fechten, doch ich war nicht ganz bei der Sache, und so entschieden wir, ein anderes Mal weiterzutrainieren.

Als ich zu Hause ankam, roch es schon nach Käse und ich ahnte, dass mein Vater wieder am Werk war.

Ich legte meine Jacke ab und ging direkt in die Küche.

Er rührte in einer Pfanne herum.

»Nike, komm rein.« Er drückte mir einen Pfannenwender in die Hand und deutete auf eine zweite Pfanne, in der selbst gemachte Gnocchi brutzelten.

Ich begann sie vorsichtig zu wenden. Die Unterseite glänzte bereits goldbraun.

»Wie war dein Tag?«

Ich dachte kurz nach. »Ganz gut. Schauspiel hat heute Spaß gemacht.«

Eine Weile standen wir nebeneinander, ich wendete die kleinen Kartoffelklößchen, er rührte mehr Käse in die Soße.

»Aber das war nicht das Wichtigste heute, oder«? Er sah mich aus seinen freundlichen Augen an und hielt kurz mit seinem Schneebesen inne.

Ich seufzte. »Nein«, erwiderte ich. »Was würdest du dazu sagen, wenn ich überlege, auszuziehen?«

Nachdem wir alle unseren ersten Teller geleert hatten, nahm ich meinen Mut zusammen. Mein Vater hatte gesagt, dass ich doch warten soll, bis auch meine Mutter zuhört, und doch schien es mir, als wäre das Gespräch mit beiden zusammen viel schwieriger.

Ich liebe meine Eltern. Doch ich hatte langsam das Gefühl, etwas verändern zu wollen.

»Also, ich …«

Meine Mutter schob sich eine Gabel in den Mund und blickte mich dann an.

Ich kaute auf zwei Gnocchi herum. Warum fiel es mir so schwer? Ich hatte doch noch nie ein Problem mit meinen Eltern gehabt. Meine Mutter verdiente als Lehrerin auch so viel Geld, dass wir keine finanziellen Probleme hatten. Aber immerhin war ich ihr einziges Kind. Der Grund, wieso sie irgendwann in ein Haus mit Garten gezogen waren.

»Also, ich habe heute mit Linda geredet …«

»Deine Freundin aus der Schauspielschule?«, fragte meine Mutter nach.

»Ja. Also, sie wird ausziehen und nach einer Wohnung suchen. Und sie hat gefragt, ob ich Lust hätte, eine WG mit ihr zu gründen.«

Kurzes Schweigen erfüllte den Raum. Die Küchenuhr tickte. Der Regen klatschte gegen das Fenster. Irgendwo im oberen Stockwerk lief ein Radio.

»Ich finde es schön, dass du eine Freundin hast, mit der du dir vorstellen kannst zusammenzuwohnen«, sagte mein Vater lächelnd und legte seine Hand kurz auf meine.

Ich lächelte zurück.

Meine Mutter schien etwas durcheinander zu sein. Sie drehte eine lange Haarsträhne um ihren Zeigefinger und biss sich auf die Lippe. »Tja …«, sagte sie, »Nike, du weißt, dass wir dich immer unterstützen wollen …«

Ein unausgesprochenes *Aber* schwebte über uns. Und da kam es auch schon: »Aber meinst du nicht, dass du noch sehr jung bist und noch ein wenig länger bei uns bleiben kannst?«

Ich atmete tief durch. Dann nahm ich ihre Hand und die von meinem Vater.

»Fühlst du dich nicht mehr wohl bei uns?« Die Stimme meiner Mutter klang jetzt etwas gepresst.

»Nein, das ist es nicht!«, entgegnete ich schnell. »Es ist nur eine Gelegenheit, weißt du? Denn irgendwann werde ich ausziehen und jetzt bietet es sich einfach so an, weil eine Freundin mich fragt. Und weil wir auf derselben Schule sind und eine Wohnung in der Nähe suchen wollen.«

»Aber ist für dich denn jetzt klar, dass du die Ausbildung weitermachen möchtest?«

»Ja. Ja, das ist es.«

Jetzt nickte meine Mutter. »Na dann …«

»Anja. Ich bin überzeugt, dass Nike ausreichend darüber nachgedacht hat, sonst würde sie nicht mit so ernsthaften Plänen zu uns kommen«, sagte mein Vater sanft und nahm nun die andere Hand meiner Mutter. So saßen wir da, in einem Kreis um die dampfende Gnocchipfanne herum.

»Und wie hast du dir die Finanzierung vorgestellt?«, hakte meine Mutter nach.

»Na ja, ich dachte, ich bekomme mein Kindergeld und vielleicht noch etwas dazu. Und ich werde mehr arbeiten und hoffentlich regelmäßiger Komparsenrollen annehmen …«

»Über die Finanzierung reden wir in anderes Mal«, unterbrach mich mein Vater. »Da finden wir schon eine Lösung. Und wenn du es dir wirklich sehr wünschst, dann solltest du dich mit Linda zusammen um eine Wohnung kümmern.«

Wir aßen noch eine Weile und irgendwann ging ich in mein Zimmer, um einen weiteren Text zu lernen. Als ich um kurz vor Mitternacht aufs Klo wollte, hörte ich meine Mutter im Wohnzimmer leise weinen.

»Sie ist doch unser einziges Kind«, sagte sie, »was machen wir denn, wenn wir zu Hause gar keine richtigen Eltern mehr sind?«

Wie angewurzelt blieb ich stehen und konnte nicht weghören.

»Ach, Anja«, seufzte mein Vater, »wir wussten doch, dass sie irgendwann groß ist. Und wir werden uns eine richtig gute Zeit machen ab jetzt, wir beide.«

»Ich habe das Gefühl, wenn Nike geht, dann habe ich gar keine richtige Aufgabe mehr hier im Haus.«

Jetzt brach ihre Stimme weg und ich huschte schnell ins Bad. Bei ihren Worten hatte sich ein harter Stein in meinem Bauch gebildet. Es tat weh, wie schwer meiner Mutter der Gedanke fiel. Und doch konnte ich es nicht ändern, denn mein Vater hatte recht: Sie hatten schon vor fast neunzehn Jahren gewusst, dass ich irgendwann nicht mehr bei ihnen wohnen würde. Und jetzt spürte ich es immer deutlicher: Dieses irgendwann, das war jetzt gekommen.

7.

Ich war viel zu früh.

Die Türen waren noch verschlossen, und obwohl die Temperaturen langsam wieder stiegen, fror ich doch ziemlich, während ich von einem aufs andere Bein tänzelte. Meine Strumpfhose war einfach zu dünn.

Ich hasste es, bei einem ersten Treffen zu spät zu kommen. Und diese Probe mit der Laientheatergruppe war für mich wie ein erstes Treffen.

Den Weg hatte ich schnell gefunden, zu schnell für meine großzügige Zeitplanung.

Ich wollte mich gerade auf eine der eiskalten Steinstufen setzen, als eine kleine Frau mit hoch aufgetürmter Frisur im Stechschritt um die Ecke bog. Sofort sprang ich auf und wusste nicht recht, wo ich hinsehen sollte, während sie auf mich zukam.

Als sie vor mir stand, drückte sie mich ohne ein Wort fest an sich. »Hallo, du Siegesgöttin.« Ihre Stimme war rau, ihre aufgemalten Augenbrauen zuckten kurz in die Höhe.

»Hallo«, entgegnete ich unsicher.

Sylvia sah von rechts nach links die Straße entlang.

»Niemand sonst da?«

»Nein, ich glaube nicht.«

»Theaterleute«, schnaubte sie. »Na, dann komm mal rein.«

Drinnen war es stockduster, bis Sylvia das Licht einschaltete und nach und nach mit einem leisen Sirren die vielen Deckenlampen und Scheinwerfer ansprangen, die über dem Bühnenraum in verschiedene Richtungen deutend angebracht waren. Sylvia legte ihren bodenlangen schwarzen Mantel auf einem Stuhl im Zuschauerraum ab, ich tat es ihr nach. Anschließend nahm sie ein dickes Paket Papier aus ihrer Ledertasche und ich trat langsam auf die Mitte der Bühne. Die Scheinwerfer schienen mir ins Gesicht. Meine Füße standen auf einem dicken Filztuch und der etwas muffige Geruch eines dunklen Bühnenraums lag in der Luft. Herrlich! Ich merkte, wie mich das Theatergefühl überkam. Wie Stärke mich durchströmte. Ich straffte meinen Rücken, atmete tief durch. Sylvia konnte ich nur als Silhouette im Zuschauerraum erkennen. Das Geräusch meiner Füße auf dem einsinkenden Filz war leise, aber hörbar. Wie viele Füße hatte dieser Filz schon miterlebt? Wie viele Stücke gesehen? Immer aus der Untersicht, immer aus einer einzigartigen Perspektive. Ich stellte mir vor, wie es sein musste, unter einem Theaterstück zu liegen. Man konnte den Leuten in die Nase sehen, unter die Röcke, die Füße überdimensioniert groß im Gegensatz zu den kleinen Gesichtern, die vor der Decke auf dünnen Hälsen gehalten wurden. Konnte man von hier unten gut hören, was sie sprachen?

»Na, dann spiel mal«, riss mich Sylvia aus meinen Gedanken.

»Was?!«, entgegnete ich perplex und fiel wieder in mich zusammen.

»Jasper meinte doch, du hättest bei deiner letzten Prüfung eine erstklassige Frau Brigitte gespielt. Spiel mal!«

Ich hörte, wie sie sich auf einem der knarzenden Stühle niederließ. »Und streck deinen Rücken wieder, komm zurück in deine Spielhaltung. Ich sehe doch, dass du die hast!«

Ich stellte mich auf die Bühne, in die Mitte des Filzes. Ich zwinkerte zwei Mal. Und dann war es die Frau Brigitte, die aus meinem Mund ihre Anklage sprach.

Als meine Szene nach wenigen Minuten beendet war, hörte ich Klatschen aus dem Publikumsraum. Von zwei Paar Händen.

»Ich habe doch gesagt, sie ist eine wunderbare Frau Brigitte«, hörte ich Jaspers Stimme.

Ich erkannte ihn, obwohl ich ihn nicht sah. Sofort durchfuhr es mich heiß und ich fühlte mich im Scheinwerferlicht plötzlich alleine. Schnell trat ich rechts von der Bühne und es dauerte einen Moment, bis sich meine Augen an das Dämmerlicht gewöhnten. Als ich endlich wieder etwas erkennen konnte, stand Jasper direkt vor mir.

»Schön, dass du kommst«, sagte er und nahm meine Hand. Mein Mund war zu trocken, um gleich zu antworten. Dann krächzte ich ein: »Na klar.« Er drückte meine Finger. Und ich war froh, dass ich die Szene vor Sylvia eben gespielt hatte, ohne zu wissen, dass er auch zusah.

Nachdem auch die anderen zehn Schauspielerinnen und Schauspieler eingetroffen waren, setzen wir uns auf dem großen Filz in einen Kreis. Sylvia sprach ein paar einführende Worte, dann machten wir eine kurze Vorstellungsrunde. Ich war der einzige Neuzugang. Die Gruppe war sehr gemischt: die Jüngste war sechzehn, der Älteste über fünfzig. Manche waren gelernte Schauspieler, einige Schauspielschülerinnen und ansonsten Laien, die gerne Theater spielten.

»Ihr Lieben, ich habe euch allen das neue Manuskript mitgebracht. Einige von euch kennen das Stück schon, es heißt *Fukushima*.«

Sie teilte jedem von uns ein Manuskript aus. Ich blätterte in den Seiten. Es gab viele Rollen. Einige von uns würden mehrere Figuren spielen.

»Lasst uns ein paar Szenen in verteilten Rollen lesen. Die nächsten Wochen bitte ich euch, immer einige Szenen zu lernen, die wir dann gemeinsam spielen. In spätestens vier Wochen möchte ich die festen Rollen verteilen, damit wir uns auf die nächsten Auftritte vorbereiten können. Lest zu nächster Woche das ganze Manuskript. Wenn ihr Änderungsvorschläge habt, diskutieren wir darüber.« Sie nannte uns eine Seite und die Blätter raschelten, als wir sie aufschlugen. Zwischen Jasper und mir saßen zwei junge Männer. Ich war ganz froh darum, denn so konnte ich mich besser konzentrieren.

»Nike?« Sie sah zu mir herüber. »Ich möchte, dass du dieses Mal die Hauptrolle liest.«

8.

Nach dieser ersten kleinen Leseprobe spürte ich sofort, dass ich genau das vermisst hatte: Ein ganzes Stück, auf das ich mit einer Gruppe hinarbeiten konnte. Eine Figur, die zu meiner wurde. Und einen festen Termin für einen Auftritt.

Ich schwang den Rucksack auf meinen Rücken und wollte den Raum schon verlassen, Jasper war bereits gegangen, da griff mich jemand fest am Arm.

Sylvia.

»Nike«, sie sah mich unter ihren aufgemalten Augenbrauen nachdrücklich an. »Du hast viel Talent. Mach etwas draus.« Ihre roten Lippen verzogen sich kurz zu einem Lächeln, dann ließ sie mich los und sammelte die liegen gebliebenen Manuskripte ein.

Ein Freudengefühl erfasste mich, obwohl ich Enttäuschung darüber verspürte, dass Jasper so schnell verschwunden war.

Draußen war es bereits dämmrig und ich vergrub meine Hände in den Jackentaschen.

»Da bist du ja!«

Jasper sprang von einer kleinen Mauer und lief neben mich. Kurz bemerkte ich wieder meine Aufregung, doch dann beschloss ich, mich nicht aus der Ruhe bringen zu lassen. Auf der Bühne schaffte ich das ja offensichtlich auch.

»Wie hat es dir gefallen?« Er passte seine Schritte den meinen an. Ich beobachtete seine Fußspitzen.

»Gut. Ich bin froh, dass ich wieder mit richtigem Theater weitermachen kann. Ganze Szenen, ganze Stücke.«

»Ja, ist schon etwas anderes als für die Schule.«

Wir liefen eine Weile nebeneinander her.

»Hast du öfter als Komparse bei Filmen mitgemacht?«, fragte ich dann.

Er nickte. »Ja, und wie neulich bekomme ich über meine Bekannte manchmal auch ganz kleine Rollen. Das ist gut, um schon ein bisschen Erfahrung zu sammeln. Und um einfach mal ein Filmset zu sehen.« Wir liefen noch ein paar Schritte zusammen. »Außerdem ist die Schule größtenteils auf Bühnenschauspiel ausgelegt, Camera acting kommt erst ganz am Ende. Einige wünschen sich ja auch, später beim Film zu landen.«

Ich nickte. »Ja, bestimmt eine gute Übung. Mit Filmen hatte ich bisher nur bei Schulprojekten zu tun. Aber leider bekomme ich über die Komparsenagentur nur sehr selten Anfragen bisher.«

»Hast du bei deinem Internetprofil alles angegeben?«

Ich dachte nach. »Ja, eigentlich schon. Ich habe nur kaum Fotos drin.«

»Ah!« Jasper nickte. »Ich glaube, professionelle Bilder können dir wirklich helfen!«

Ich runzelte die Stirn. »Glaubst du? Ich meine, ich bin

nur Komparsin. Entweder sieht man mich nicht oder ich werde am Ende rausgeschnitten.«

Er lachte. »Glaub mir, mit mehr Fotos bekommst du mehr Anfragen.«

»Aber wo krieg ich die her? Beim Fotografieren fühle ich mich ziemlich unwohl.«

Er grinste. Seine Augen leuchteten und er blieb stehen. Kurz berührte er meine Wange. »Das glaube ich nicht. Jeder Mensch kann sich vor der Kamera wohlfühlen. Mit dem richtigen Fotografen.« Er sah kurz in den Himmel. »Hast du am Samstag Zeit? Ich mache öfters Fotos und habe eine gute Kamera. Wir könnten ein paar Bilder von dir machen.«

Jetzt begann mein Herz doch wieder zu klopfen und meine mühsam aufgebaute Ruhe war verschwunden.

»Samstag?! Ich weiß nicht …«

»Ach komm, Nike.« Er sah mir in die Augen. Ich konnte meinen Blick nicht von ihm lösen. »Irgendwann sollten wir uns auch mal so treffen, meinst du nicht auch?« Dann lächelte er und wir gingen weiter, als hätte es die Spannung zwischen unseren Blicken nie gegeben.

Als ich am nächsten Morgen zu Chorsprechen ging, kam Linda mir aufgeregt entgegengestürmt. Ihr blondes Haar war ungewohnt zerzaust, ihre Wangen rot.

»Nike, ich habe eine Überraschung für dich!«

»Eine Überraschung?« Ich stellte meine Tasche ab und setzte mich auf einen der Tische. Die anderen unterhielten sich oder lasen sich Texte für die Stunde durch.

»Ja! Meine Tante gibt ihre Berliner Wohnung auf. Und wenn wir wollen, dann können wir Nachmieterinnen werden!«

Jetzt wurde auch ich aufgeregt. War es nicht doch viel zu früh? Ich hatte mit meinen Eltern das Thema Geld noch nicht geklärt und es generell gemieden, weiter über den Umzug zu sprechen, ehe Linda und ich nicht konkrete Pläne hatten.

»Wann? Ich meine, wo? Ich meine … was?!«

»Gar nicht weit, mit der U-Bahn vier Haltestellen, mit dem Fahrrad fünfzehn Minuten von hier. Große Küche, kleines Bad, zwei Zimmer, sogar mit Balkon.«

»Oh Mann!« Meine Gedanken rasten. Es klang perfekt, so perfekt.

»Und … wie sieht es mit der Miete aus?«

Ich hatte nicht bemerkt, dass unser Dozent bereits den Raum betreten und sich niedergelassen hatte. Selma und Tobias vor uns setzten sich ordentlich auf die Stühle.

»Das können wir heute Nachmittag besprechen. Meine Tante hat uns zum Kaffee eingeladen. Direkt nach Fechten!«

Inzwischen war es bedenklich ruhig im Raum geworden, erst jetzt wurde mir das bewusst. Linda offenbar nicht, denn sie plapperte weiter: »Beide Zimmer sind groß genug, da kann ich meinen Hund mitbringen. Allerdings liegt die Wohnung im fünften Stock. Wir werden also kräftige Waden bekommen. Kannst du denn heute Nachmittag?«

Mit unbehaglichem Gefühl drehte ich den Kopf nach vorne. Unser Dozent starrte uns mit zusammengezogenen

Augenbrauen an. Er gehörte zu der Sorte Lehrer, bei denen alle pünktlich kamen. Ich schluckte.

»Nike? Also kannst du?«, beharrte Linda.

»Vor allem, mein Fräulein, kannst du jetzt deinen kirschroten Mund halten, bis wir zum Sprechtraining kommen«, kam es scharf von vorne. Linda sog die Luft ein und wurde rot. Erst als er Zettel austeilte, rollte sie mit den Augen.

»Also?«, zischte sie.

Ich überlegte kurz. Ich hatte meiner Mutter versprochen, ihr beim Aufbau eines Regals zu helfen, doch das musste ich wohl verschieben.

»Na klar! Kaffee bei deiner Tante!«, flüsterte ich zurück. Ein letzter verschwörerischer Blick, dann konzentrierten wir uns auf unseren Unterricht.

9.

Die Tante sah aus wie Linda, nur mit schwarzem Haar. Und natürlich etwa dreißig Jahre älter.

»Kommt rein«, sagte sie, eine Zigarette in der Hand, die dünnen Beine in einer schwarzen Hose. Sie hielt mir die Hand hin. »Maja.« Ihre Finger waren schmal und kühl, der Druck fest. Im Gehen stieß sie den Rauch aus. Linda hielt sich hinter ihrem Rücken demonstrativ die Nase zu.

Ich war etwas verschwitzt. Fünfter Stock war schon heftig, dafür wurden wir mit einem wunderbaren Ausblick belohnt: der Balkon auf der Sonnenseite ragte hoch über einem grünen Platz aus der Küche hinaus.

»Schaut euch ruhig um«, meinte Maja und drückte ihre Zigarette in einem Blumentopf aus, »ich mache in der Zeit Kaffee. Ihr trinkt doch Kaffee, oder?«

Wir nickten artig.

Die Küche war groß für eine Zweizimmerwohnung. Es passte ein richtiger Esstisch hinein. Der Boden war mit hellem Linoleum ausgelegt und in der Obstschale auf der Fensterbank lagen ein paar überreife Bananen in der prallen Sonne.

»Komm!« Linda zupfte an meinem Pullover und wir liefen in den schmalen Flur.

»Ich war selbst nicht so oft hier«, erklärte Linda, »meistens besucht sie meine Mutter.«

Das eine Zimmer war vollgestopft mit einer roten Polstergarnitur. Furchtbare Stickbilder hingen über einem großen Fernseher und eine Katze sprang von einem überquellenden Bücherregal auf den Flickenteppich.

Ich erschreckte mich und fuhr zurück, warf dabei fast eine Vase mit Plastikblumen um.

»Vorsicht«, zischte Linda, »die Vase ist genauso wertvoll, wie sie hässlich ist.« Sie zwinkerte mir zu und lief zurück in den Flur.

Ich betrachtete die Fotos auf einer eingestaubten Kommode. Ihre Katze, noch mal ihre Katze, ein Bild von einem Paar mit grauem Haar, und noch mal die Katze. Das Zimmer, so vollgestopft es war, triefte vor Einsamkeit. Mich überflutete eine regelrechte Trauer. Anfang fünfzig, mit einer Katze als Familie, Partner, beste Freundin. Jeden Tag alleine. Der Geruch von Zigaretten in allen Zimmern, der sie einlullt. Manchmal lag sie sicher alleine im Bett, drückte ihre Katze an sich und verbot sich die Tränen, die sich seit Jahren angestaut hatten.

Mein Inneres zog sich zusammen, in meinem Magen lag ein Stein. Schnell schüttelte ich mich. Es war nicht gut, mir ihr Leben vorzustellen. Es zog mich runter.

»Nike, kommst du?«, rief Linda aus einem anderen Raum. Ich folgte ihrer Stimme und lief in das Zimmer nebenan. Es war ähnlich groß wie dieses, aber längst nicht ganz so voll. Den größten Teil nahm ein riesiges schwarzes Bett ein, ein Ungetüm von Möbelstück, das den ganzen Raum fraß. Die Wände waren veilchenblau mit einer lila Bordüre. Ich versuchte mir vorzustellen, wie es hier mit weißen Wänden aussehen mochte. Sicher schön. Fast quadratisch geschnitten, große Fenster, zur Straße hin etwas hellhörig.

»Und?«, fragte Linda und lehnte sich gegen die staubige Fensterbank, »was meinst du?« Sie sah mich gespannt an.

»Hm …« Ich konnte noch immer das beklommene Gefühl nicht loswerden. »Also … wir müssten noch über den Preis …« Ich brach ab. Das war gelogen. Deswegen zweifelte ich nicht.

Ich ging zu Linda hinüber und beugte mich etwas vor. Sie sah den verstohlenen Ausdruck in meinen Augen und lehnte sich zu mir.

»Ist deine Tante einsam?«, fragte ich.

Verdutzt sah Linda mich an. »Wie meinst du das?«

»Die Räume … die Gegenstände … alles wirkt irgendwie einsam und tot.« Ich wusste nicht, ob es in Ordnung war, das über die Wohnung ihrer Tante zu sagen, aber wenn wir hier einziehen wollten, musste ich ehrlich sein.

Linda lachte laut. »Ach, Nike, manchmal bist du so … putzig!«

»Putzig?!« Jetzt war es an mir, sie verwirrt anzublicken.

»Meine Tante hat vier Kinder und einen Mann in Hamburg. Das hier ist die ehemalige Wohnung meiner Großeltern, in denen die letzten zehn Jahre ihres Lebens meine Großmutter und ihre Katze allein gewohnt haben.«

»… aber …«

»Meine Tante wohnt hier drei Tage die Woche, weil sie an der Uni arbeitet. Die Wohnung ist deswegen immer noch eine Art Abstellkammer meiner verstorbenen Großmutter.«

»Oh.« Selten lag ich so falsch mit meiner Einschätzung. Und noch seltener war ich so froh, etwas Falsches gedacht zu haben.

»Und …«, mir fiel nichts Vernünftiges mehr ein, »… die Katze?«

Linda winkte ab. »Ach, die füttert die Nachbarin die anderen Tage.«

Und dann strömte der Duft von Kaffee ins Zimmer.

»Kommt ihr, Mädels?«, rief Maja aus der Küche, und als ich Linda in den Flur folgte, war ich überzeugter von unserer Idee als je zuvor.

Wie sich herausstellte, war Maja doch nicht so kühl, wie ich zu Anfang gedacht hatte. Nachdem sie einen Schluck Kaffee getrunken und einen Keks gegessen hatte, wurde sie herzlicher.

Sie nannte uns den Preis für die Wohnung.

»Der Mietvertrag würde weiter auf mich laufen. Ihr zahlt mir die Miete. Sonst wird da nur unnötig etwas draufgeschlagen.«

Beide würden wir etwas über dreihundert Euro zahlen. Das war für die Wohnung nicht viel, aber für mich schon.

Nachdem sie uns eine Weile die Vor- und Nachteile erläutert hatte, blickte sie auf die kleine silberne Uhr an ihrem Handgelenk.

»Jetzt muss ich aber wirklich los! Mein Zug nach Hamburg fährt gleich.«

Sie räumte das Geschirr in die Spülmaschine und zündete sich noch eine Zigarette an.

»Bitte gebt mir bis Ende der Woche Bescheid. Ansonsten wird eine Freundin von mir hier einziehen.«

»Gibt es denn viele andere, die interessiert sind?«, hakte Linda nach.

Maja zuckte die Achseln und ließ die Asche vom Balkon fliegen. »Klar. Aber Blut ist nun mal dicker als Wasser.«

10.

Eigentlich hatte ich vorgehabt, das Gespräch mit meinen Eltern mindestens einen Tag hinauszuzögern, unter dem Vorwand, selbst noch mal eine Nacht darüber schlafen zu wollen. Aber in Anbetracht dessen, wie schnell wir uns entscheiden sollten, blieb mir nichts anderes übrig, als das Thema noch am selben Abend anzureißen.

Mein Vater saß wie so häufig im Wohnzimmer, die Lesebrille weit vorne auf der Nase und seine antiken Sagen auf dem Schoß. Meine Mutter hatte auf dem Esstisch verschiedene Schulbücher wild ausgebreitet. Wahrscheinlich war sie mit der Unterrichtsvorbereitung für morgen wieder zu knapp dran.

Ich atmete tief durch und nahm mir erst mal einen der Kekse, die mein Vater frisch gebacken und hübsch auf dem Sofatisch drapiert hatte. Der Keks zerfiel sanft in meinem Mund, aber leider schmeckte ich ihn kaum. Er wurde trockener, immer größer und irgendwann würgte ich ihn mit großen Schwierigkeiten runter.

»Mama, Papa?« Beide sahen auf. »Linda und ich haben uns heute die Wohnung angesehen. Und wir wollen dort einziehen.«

Ich hatte selten solch konfliktgeladene Gespräche mit

meinen Eltern geführt. Mein Vater konnte mich verstehen, aber eben auch den Standpunkt meiner Mutter. Er tat mir leid, wie er zwischen uns saß und versuchte, beiden Meinungen gerecht zu werden.

Meiner Mutter war die ganze Sache zu viel, sie fand sie unnötig und zu teuer.

Aber eigentlich wusste ich ganz genau, dass es nicht am Geld lag.

»Wir müssen einen Kompromiss finden«, meinte mein Vater und legte seine Handflächen flach auf den Tisch, »so werden wir doch alle nicht glücklich.«

Ich ließ mich gegen die Rückenlehne meines Stuhls fallen, fühlte mich erschöpft und in meiner Euphorie vom Nachmittag gebremst.

»Du bekommst natürlich auf jeden Fall dein Kindergeld. Und wir zahlen dir die Hälfte der Miete.« Meine Mutter wollte schon etwas sagen, doch mein Vater strich ihr beruhigend über den Arm und sagte leise: »Anja.« Mehr nicht. »Die andere Hälfte bezahlst du.«

Ich rechnete im Kopf. Ungefähr einhundertsechzig Euro. Das musste gehen. Mehr Komparsenrollen, vielleicht ein Job im Café.

Ich nickte knapp.

»Deine U-Bahn-Jahreskarte gilt ja noch eine Weile, darüber sprechen wir dann im Januar. Ist das in Ordnung für dich, Anja? Du kannst gerne einen anderen Vorschlag machen.«

Meine Mutter sagte nichts mehr. Ich sah, dass ihre Augen feucht schimmerten, und wollte sie trösten, doch ich konnte mich nicht überwinden. Unverstand und eine Wut, die ich versuchte zu ignorieren, hinderten mich. Ich glaube, es ging ihr ähnlich. Sie hatte die Finger ineinanderverkrampft, schien traurig zu sein, wütend, hilflos. Ich sah mich durch ihre Augen. Ihre einzige Tochter, die nun nicht mehr hier wohnen wollte, deren Leben jetzt einen anderen Weg nahm. Was würde sie tun, wenn sie nach Hause kam? Nicht dass wir zu Hause sonderlich viel gemeinsam taten. Sie las Bücher, sie malte, sie bereitete ihren Unterricht vor und, natürlich, wir aßen gemeinsam und redeten und lebten zusammen. Ich machte sie zur Mutter.

Meine Mutter war schon fast vierzig gewesen, als ich geboren wurde. Nach zwei Fehlgeburten hatte sie es beinahe aufgegeben noch ein Kind zu bekommen und ich war dann so etwas wie ein unerwartetes Geschenk gewesen. Meine Geburt wurde kompliziert, ich kam viel zu früh und es war klar, dass ich das einzige Kind bleiben würde. Wie furchtbar es für meine Mutter gewesen sein musste, so früh zwei Kinder zu verlieren. Und wie wunderbar, dass sie mich zur Welt brachte. Meine Wut wurde kleiner, mein Verständnis größer. Ich legte meine Finger auf ihre.

»Mama?«

Sie sah mich an. Hatte ihre wahren Ängste hinter dem Blick einer Mutter versteckt, die versuchte, ihrem Kind die Flausen auszutreiben. Ein ganz neuer Zug. Sonst war sie die mit den verrückten Ideen gewesen. Und ich, ich wollte doch nur ausziehen.

»Egal, wo ich wohne. Ich bin doch immer hier. Ich bin deine Tochter.«

Und dann weinte sie. Vergrub ihr Gesicht in den Händen, ihr braunes Haar fiel nach vorne wie ein Vorhang. Ich wusste gar nicht, was ich machen sollte. Mein Vater strich ihr über den Rücken.

Irgendwann sah sie auf und rieb sich die Nase. »Ich weiß, Nike. Und es tut mir leid.« Sie schniefte noch einmal. »Ich bin nicht fair, ich bin egoistisch. Und so möchte ich gar nicht sein.« Ihre Augen glänzten jetzt, aber weniger vor Tränen als vor Entschlossenheit.

»Wann könnt ihr einziehen?«

»Anfang Mai. In acht Wochen.«

Sie suchte zwischen den Schulbüchern herum und kramte einen kleinen Taschenkalender hervor. Dann zückte sie einen Kugelschreiber, blätterte durch die Seiten und markierte sich ein Wochenende.

Nike Umzug, konnte ich lesen.

»Wir helfen dir natürlich«, sagte sie dann und stieß meinen Vater in die Seite. »Und du machst bestimmt ein köstliches Umzugsmahl, oder?«

Mein Vater grinste. Ich hatte das Gefühl, dass er fast noch erleichterter war als ich.

»Aber ja! Ich bin doch bekannt für meinen hervorragenden Kartoffelsalat! Und für meine Grünkernfrikadellen.«

Meine Mutter streckte sich. »Ich werde mich wohl einfach daran gewöhnen müssen, alt zu werden.« Sie stockte kurz und korrigierte sich dann: »Alt zu sein.«

11.

Und dann war Samstag. Der Tag, an dem Jasper Fotos von mir machen wollte.

Wir hatten uns die letzten Tage in der Schule nicht gesehen und das steigerte meine Aufregung noch mehr. Obwohl wir erst gegen Mittag verabredet waren, konnte ich bereits ab sechs Uhr morgens nicht mehr schlafen. Ich bin nicht fotogen und werde es nie sein. Man sieht mir auf Bildern an, dass ich mich unwohl fühle. Aber ich hatte mich darauf eingelassen. Ausgerechnet.

Ich lag noch zwei Stunden grübelnd im Bett, ehe ich entschied aufzustehen und spazieren zu gehen. Auf dem Rückweg kam ich an einer Bäckerei vorbei und beschloss, Brötchen zu kaufen.

Zurück zu Hause bereitete ich einen Teller mit Käse und Tomaten vor, suchte alle Marmeladen zusammen und legte die Brötchen in einen silbernen Korb. Ich machte das Radio an und lauschte den Klassik-Klängen, während ich Kaffee kochte und zwei blaue Teller mit Besteck auf einem Tablett platzierte. Nachdem ich alles drum herum drapiert hatte, war das Tablett vollkommen überladen und gerade noch leicht genug, dass ich es tragen konnte.

Vorsichtig balancierte ich es die Treppe hinauf. Der

Kaffee in den beiden Tassen schwappte gefährlich von links nach rechts und ein Brötchen fiel aus dem Korb. Konzentriert nahm ich letzten Stufen, lief über die Dielen und klopfte am Schlafzimmer meiner Eltern.

»Komm rein«, tönte es dumpf und ich drückte mit dem Ellbogen die Türklinke herab. Beide saßen aufrecht im Bett und lasen Zeitung. Ein Bild, das mich seit achtzehn Jahren begleitete. Die Samstagsroutine meiner Eltern war heilig.

Erstaunt lugte meine Mutter über die Zeitung hinweg.

»Aber Nike!«, rief sie. »Womit haben wir denn das verdient?«

Ich lief vorsichtig hinüber und stellte das Frühstück auf dem Nachttisch meines Vaters ab, der entzückt die grauen Augenbrauen hob.

»Ich dachte, ihr freut euch.«

»Du willst uns wohl schon jetzt die Zeit zu zweit schmackhaft machen«, entgegnete meine Mutter. Ich versuchte herauszuhören, ob irgendwo ein ironischer Tonfall mitschwang, doch ich konnte ihn nicht entdecken.

»Vielleicht ja.« Ich lächelte. Dass ich vor allem meine Hände hatte beschäftigen wollen, erwähnte ich nicht.

»Aber da sind ja nur zwei Teller«, meinte mein Vater verdutzt, »willst du nicht auch einen?«

Ich flitzte noch einmal in die Küche und holte ein weiteres Gedeck. Auf die Idee war ich gar nicht gekommen, seit Jahren nicht mehr.

Und dann saß ich mit meinen Eltern im Bett, schmierte Brötchen und rollte Tomaten in Käsescheiben. Ich fühlte mich wie mit sechs Jahren. Ein schönes Gefühl, aber auch ein vergangenes. Eines, das nicht mehr in die Gegenwart passte. Und doch war es genau so in Ordnung. Heute schon.

Ich war mal wieder zu früh dran. Wie immer bei den berüchtigten ersten Treffen. Wir hatten uns im Park verabredet. Helle Frühlingsstrahlen durchbrachen die Blätter, leiser Wind rauschte in den Bäumen, und wenn ich nicht gewusst hätte, was gleich anstand, wäre ich vermutlich von einer Tiefenentspannung ergriffen gewesen. So aber trat ich von einem Bein aufs andere und wartete. Ich hatte eine Tasche mit verschiedenen Kleidungsstücken dabei. Jasper meinte, das wäre wichtig, damit die Fotos so aussahen, als wären sie an verschiedenen Tagen entstanden. Warum auch immer.

Ich sah auf mein Handy. Cora hatte mir geschrieben, zum ersten Mal seit Wochen. Eine Welle des schlechten Gewissens überkam mich, weil ich mich nicht mehr bei ihr meldete. Ich überlegte, die Nachricht zu öffnen, doch ich hatte Angst. Dass ich danach traurig war oder wütend. Ich steckte also mein Handy wieder weg und versuchte zu vergessen, dass da eine Nachricht auf mich wartete.

Ich lehnte mich gegen eine niedrige Mauer und beobachtete ein Eichhörnchen, das von Ast zu Ast sprang. Von oben sah die Welt sicher ganz anders aus. Als Eichhörnchen, klein und leicht, musste sich das Leben fliegend anfühlen. Das Tier hielt inne und starrte mich geradeheraus an. Sofort sah ich mich durch seine Augen. Ein Mädchen, eine junge Frau, die von unten zu mir hochstarrte. Ein helles Kleid, darüber eine zu große Jacke. Ihr langes rotes Haar vom Wind nach hinten gepustet, die helle Haut, die niemals braun wurde, von Sommersprossen übersät. Jetzt lächelte sie und streckte die Hand nach mir aus. Das ist zu viel! Schnell weiter von Ast zu Ast, der puschelige Schwanz, der hin und her wippte und mir half, mich auf den Ästen zu halten.

»Magisch, oder?«

Ich zuckte zusammen und war im selben Moment wieder Nike. »Eichhörnchen sind meine Lieblingstiere.«

Und da stand er vor mir. Das braune Haar über den Ohren zerzaust, eine Tasche auf der Schulter und eine große Kamera in der Hand.

»Ich habe dich gar nicht gehört.«

Er lachte. »Kein Wunder. Ich glaube, das Eichhörnchen hat dich hypnotisiert.«

»Das passiert mir öfter.« Auch ich lächelte ihn an.

»Das ist eine gute Fähigkeit.«

»Meinst du? Ich komme mir manchmal eher seltsam vor.«

»Ich wäre gerne etwas mehr wie du. Es würde vieles leichter machen.«

»Aber auch einiges schwerer.«

Er schwieg kurz. »Für das Fotografieren wird es dir helfen. Schließlich möchte ich so viele Gesichter wie möglich von dir einfangen.«

So hatte ich das noch nicht betrachtet. Wenn ich nicht als Nike, sondern als jemand anderes vor die Kamera trat, würde es mir dann leichter fallen?

»Suchen wir uns einen schönen ersten Ort?«

Wie selbstverständlich griff er nach meiner Hand, und während meine Füße wie einbetoniert stehen bleiben wollten, zog er mich sanft mit sich. Unfähig etwas zu sagen, ließ ich es geschehen. Seine Hand war wärmer als meine und trocken, aber trotzdem weich. Seine Finger waren kaum länger als meine und für seine Größe kam mir die ganze Hand sehr zart vor.

Wir schlenderten eine Weile durch den Park. Einmal sah ich ihn an und unsere Blicke begegneten sich. Er lächelte, ich schaute schnell zu Boden. Als ich den Kopf wieder hob, sah er bereits wieder nach vorne. Wir kamen an vielen schönen Stellen vorbei. An zwei Wiesen, einem kleinen Brunnen, einer Art Ententeich mit Steg, vielen Bänken und einem riesigen bunten Blumenbeet. Wir hielten nicht an. Wir liefen einfach nur. Hand in Hand, als wäre es das Normalste auf der Welt. Ich wunderte mich, dass niemand uns schräg ansah, so unreal kam mir das Ganze vor. Aber weder der Jogger noch die Familie mit den drei Kindern oder der Mann mit dem Baby beachteten uns.

Als wir das zweite Mal an der Blumenwiese vorbeikamen, meinte Jasper dann doch: »Wollen wir anfangen?« Fast widerwillig löste ich meine Hand aus seiner.

Dann stellte ich mich mitten hinein ins Blumenbeet. Sobald die Kamera das erste Mal auslöste, kehrte meine Fotoangst zurück. Ich wusste nicht, wohin ich gucken sollte, zog meine Schultern hoch und verkrampfte vollends, als zwei Frauen anfingen, uns zuzusehen.

»Atme tief durch«, sagte Jasper, »schüttele dich einmal

von Kopf bis Fuß.« Er begann einen komischen Schütteltanz aufzuführen und atmete dabei laut. Nun musste ich doch lachen und tat es ihm nach.

»Und jetzt stell dir vor, ich wär nicht da. Stell dir vor, du wärst eine andere, von der du glaubst, dass sie gerne fotografiert wird.«

Ich überlegte kurz. Dann fiel mir Linda ein. Mein Haar fühlte sich blond an, meine Lippen rot. Mein Körper größer, mein Selbstbewusstsein auch. Ich setzte ein strahlendes Lächeln auf und sah dann etwas melancholisch zu Boden, um dann herumzuwirbeln. Das ständige Knipsen der Kamera blendete ich fast vollkommen aus.

»Dreh dich in die andere Richtung.«

»Einen Schritt nach rechts.«

»Und jetzt direkt in die Kamera schauen.«

Er gab mir Anweisungen und ich befolgte sie. Plötzlich war es leicht. Ich war so überrascht von mir selber, dass ich kaum merkte, wie die Zeit verging. Irgendwann wechselten wir den Ort und ich zog ein anderes Kleid an. Und noch einmal. Dann begann es zu regnen. Kurz machten wir weiter, doch nach ein paar Minuten hielt Jasper seine Kamera schützend unter sein T-Shirt.

»Ich glaube, das ist ein eindeutiges Zeichen.«

Ich lief zu ihm. »Darf ich mal sehen?«

Jasper blickte zum Himmel. »Ich schicke dir heute Abend die schönsten Bilder per E-Mail, okay? Ich glaube, der Regen tut meiner Kamera nicht gerade gut.«

Obwohl ich so gespannt war, willigte ich ein. Ich hatte gehofft, dass wir noch ein bisschen spazieren gehen würden, wie vorhin, doch der Regen wurde zu einem regelrechten Unwetter und am Horizont konnte ich das Zucken von Blitzen erkennen. So wie es aussah, waren wir schon jetzt alleine im Park.

»Zum Bus?«, fragte Jasper und wischte sich nasse Haarsträhnen aus der Stirn.

Ich schulterte meine Tasche. »Zum Bus!«

Und dann rannten wir, rannten nebeneinanderher im Regen, während das Wasser gegen unsere Waden spritzte und den Rücken herunterrann.

12.

Zum Abschied umarmten wir uns lange. Auffällig lange. Mal wieder. Dann drückte er mir einen Kuss auf die Wange. Die Stelle fühlte sich sofort heiß an und ich war mir sicher, dass sie bestimmt rot leuchtete. Reflexartig berührte ich mein Gesicht mit den Fingerspitzen.

»Wir sehen uns bald wieder, oder?«, fragte ich.

Er nickte. »Auf jeden Fall!«

Und dann nahm er den Bus in die eine und ich in die andere Richtung.

Als ich am späten Abend eine E-Mail mit drei Fotos bekam, konnte ich kaum fassen, dass ich das sein sollte.

Die drei schönsten. Ich gebe dir die anderen auf einem Stick in der Schule. Tja, ich glaube, du kannst nie wieder guten Gewissens behaupten, unfotogen zu sein.

Er hatte recht. Verrückt. Sofort lud ich die drei Bilder in der Komparsenkartei hoch.

Ich lag noch lange wach in dieser Nacht. Und als ich endlich einschlief, träumte ich, ein Eichhörnchen zu sein, das von Jasper auf die Nase geküsst wurde.

In der Schauspielschule wurden jetzt zum ersten Mal Referate im Fach Kultur- und Theatergeschichte vergeben. Ich fühlte mich an die Schule zurückerinnert und das dämpfte meine Laune ein wenig.

Später übte ich wieder erst Ballett, dann Fechten und dann Höfische Tänze mit Solveig. Fast zwei Stunden waren wir alleine im Proberaum, dann kamen Selma und Tobias rein. Völlig verschwitzt hielten wir inne.

»Braucht ihr noch lange?«, fragte Selma.

Solveig sah auf die Uhr über der Spiegelwand. »Nein, wir wollten eh bald aufhören. Braucht ihr den Raum?«

Ich wischte mir mit einem Handtuch über die Stirn. Obwohl mein Verhältnis zu Selma inzwischen ganz gut war, schüchterte mich ihre Anwesenheit jedes Mal ein.

»Jep. Dann passt das ja super.« Selma legte ihre Sporttasche auf die Fensterbank und begann darin zu wühlen. Ich schlappte ziemlich fertig zu meinen Sachen hinüber.

Solveig warf mir ein strahlendes Lächeln zu und machte das Daumen-Hoch-Zeichen in der Luft. »Wird doch bei uns, oder?«

Ich nickte und trank einen großen Schluck Wasser.

»Habt ihr Hunger?«, fragte Selma und hob fragend die Augenbrauen. Tobias zog sich jetzt eine enge Sporthose an und begann auf der Stelle zu springen. »Ich habe einen kleinen Snack dabei und ihr seht echt erledigt aus.«

Solveig und ich warfen uns einen kurzen Blick zu, dann liefen wir rüber.

»War ja klar«, lachte Solveig und schob sich einen Cracker mit Avocado und Tomate in den Mund. Auch ich nahm mir einen und merkte erst jetzt, dass mein Körper eindeutig etwas zu essen brauchte. Ein Gemeinschaftsgefühl breitete sich in mir aus und ich wollte mich gerade bedanken, als die Tür erneut aufging.

»Jasper!«, rief Selma erfreut und sprang zu ihm. Irritiert sah ich ihrem Lockenkopf hinterher. Sie schlang ihre Arme um seine Schultern und hängte sich beinahe an ihn.

»Ähm … hi«, sagte er und es erleichterte mich, dass er ebenfalls überrascht schien.

»Yusra meinte, dass du hier bist, Nike«, sagte er und löste sanft Selmas Arme. Jetzt war es an ihr, verdutzt zu schauen.

»Ich wollte eigentlich nur fragen, ob wir uns heute Abend bei der Probe sehen. Und ich habe die restlichen Bilder dabei.«

Alle Augen waren auf uns gerichtet, ich spürte die Neugierde in meinem Rücken, als ich zu ihm ging und ihn flüchtig umarmte.

Ein Lächeln schlich sich auf seine Lippen und ich glaube, nur ich konnte das sehen. Dann gab er mir einen Stick in die Hand.

»Heute Abend also?«, fragte er.

»Ja. Ich bin auf jeden Fall dabei.«

Er drückte mich noch einmal an sich, rief ein »Bis dann« in den Raum und verschwand wieder.

Selma sah mich pikiert an, Solveig aufgeregt und Tobias hatte während seiner Aufwärmübungen nichts bemerkt.

»Sag mal: Läuft da was?!«, platzte Solveig heraus und legte mir einen warmen Arm um die Schultern. »Erzähl alles!«

Ich senkte das Gesicht und ließ mein rotes Haar auf die eine Seite fallen, damit Selma mich nicht mehr direkt ansehen konnte.

»Noch nicht«, sagte ich und spürte selbst, wie sehr meine Augen leuchten mussten.

»Uhhh«, freute sich Solveig, »halt mich auf dem Laufenden.«

Schnell packten wir unsere Sachen zusammen. Als wir den Raum verließen, wusste ich, dass Selma mir hinterherstarrte.

Von da an zählte ich auch Solveig zu meinen Freundinnen.

Mit schlechtem Gewissen dachte ich an Cora und Helene, mit denen ich derzeit so gut wie keinen Kontakt hatte. In der Nachricht neulich hatte Cora gefragt, ob ich an dem Abend Zeit hätte. Doch bis ich die Nachricht gelesen hatte, war es zu spät. Und vor lauter schlechtem Gewissen hatte ich mich dann gar nicht erst zurückgemeldet. Und das, obwohl die beiden zu einem großen Teil an meiner jetzigen Situation beteiligt waren.

Zwei Mal die Woche ging ich abends zur Theaterprobe. Ich merkte, wie das Bühnengefühl und die damit verbundene Sicherheit zurückkehrten. Danach gingen wir oft noch gemeinsam etwas essen oder in eine Bar und ich genoss es, Anschluss in der Gruppe zu finden. Nur dass Jasper und ich da natürlich nie alleine waren, fand ich schade. Und auch sonst hatte ich wenig Zeit: Ich arbeitete an meinem Referat, lernte Texte für die Schule und für die Theatergruppe und bereitete mit Linda unseren Umzug vor.

»Wir können am Samstag streichen«, informierte sie mich nach Sprechen. Ihre Tante war inzwischen ausgezogen, doch die schrecklichen Bilderrahmen und das viele Rauchen hatten Spuren hinterlassen.

Und dann kam doch noch etwas dazwischen: Ich hatte eine weitere Anfrage für eine Statistenrolle bekommen. Ein Kindermärchenfilm, und ich würde eine Hofdame sein. Natürlich sagte ich zu. Ich konnte jetzt jedes Geld gebrauchen.

Linda nahm es nicht so schwer. »Dann eben Sonntag. Oder das Wochenende drauf.«

Ich drückte ihr einen Kuss auf die Wange, froh, eine so unkomplizierte Freundin gefunden zu haben.

13.

Auch für diesen Filmdreh stand ich wieder früh auf. Nachdem ich das letzte Mal die Erfahrung gemacht hatte, dass es erst am späten Nachmittag essen geben konnte, hatte ich am Abend schon Blätterteigtaschen eingepackt, die mein Vater zubereitet hatte.

Immerhin war es am frühen Morgen nicht mehr ganz so dunkel wie noch vor wenigen Wochen. Trotzdem war ich froh um die große Thermoskanne Kaffee, die ich nach und nach im Bus schlürfte.

Der Drehort war dieses Mal ein Stück außerhalb der Stadt in einem alten Gasthof. Entsprechend lange dauerte es, bis ich ankam. Der Bus schaukelte und je mehr wir aufs Land fuhren, desto weniger dachte ich über all die Neuerungen meines Lebens nach, die innerhalb der letzten Monate passiert waren. Wenn ich versuchte, das Ganze mit Abstand zu betrachten, schien es mir unglaublich. Neue Freunde, neues Berufsziel, neues Selbstbewusstsein, bald ein neues Zuhause … und vielleicht sogar eine neue Liebe?

Ich schüttelte den Kopf und merkte, dass ich mir das so noch nicht eingestehen wollte. Warum? Vielleicht weil ich Angst hatte, zu viel hineinzuinterpretieren. Das war mir nicht erst einmal passiert.

Der Bus hielt an. Ich griff nach meinem Rucksack und stieg aus. In meinem Handy hatte ich den Weg abgespeichert. An der Haltestelle war ein Papierzettel angebracht.

Filmdreh: Die Prinzessin und die Mohnblume mit einem Pfeil. Ich stapfte in den Wald. Hoffentlich kam ich an.

Ich kam an und war sogar mal wieder überpünktlich. Die Frau vom Kostüm war ganz froh darüber. »So entzerrt es sich wenigstens etwas«, meinte sie und zwinkerte mir mit ihren grün getuschten Wimpern zu. Es herrschte bereits hektisches Treiben vor dem alten Fachwerkgebäude. Die Lampen über dem Restaurantschild wurden abmontiert, das Schild mit einer Holzplatte verdeckt. Überall liefen Frauen mit Kabeln und Männer mit Scheinwerfern umher. Geschäftiger Trubel überall, ich wurde angesteckt und freute mich schon, jetzt mal bei einem Kostümfilm mitzumachen.

»Na komm«, rief mir die Frau zu und ich folgte ihr in ihren Anhänger, der vollgestopft war mit Kleidern, Hüten und Schuhen.

»Setz dich. Hast du deine Kostümnummer dabei?« Ich ließ mich auf einem Klappstuhl nieder und las meine Nummer vor, die ich nach der Anprobe gestern bekommen hatte.

»Ah ja.« Sie verschwand zwischen den Reihen aus Kleidungsstücken und ich hörte sie nur rascheln und ab und an fluchen.

Ihr Leben war sicher aufregend, aber unstet. Jeden Tag

neue Leute, fremde Menschen, die sie in Kleider steckte. Zu Hause wartete dann vielleicht ein kleiner Hund auf sie, den sie zum Ausgleich jeden Abend um den Block führte. Eine treue Seele, die Kontinuität bedeutete. Wie alt sie so sein mochte? Anfang sechzig wahrscheinlich. Früher am Theater gelernt und gearbeitet und inzwischen beim Film gelandet. Ihre Kinder, die sie sehr liebte, riefen regelmäßig an, lebten jetzt aber beide im Ausland. Doch der Hund, der Hund war da.

»Nike ist dein Name?«, rief sie jetzt herüber. Ihr roter Lockenkopf lugte über eine Reihe schwarzer Anzüge.

»Ja.«

»Ein schöner Name. Habe ich es richtig ausgesprochen? Nicht wie der Turnschuh, oder?«

»Nein, nein, das war alles richtig.«

Jetzt kam sie strahlend aus dem Durcheinander, über dem Arm das braune Kleid mit golddurchwirktem Kragen, die weiße Haube in der Hand und auf Zeige- und Mittelfinger baumelten die beiden schwarzen Schnürschuhe.

»Na dann mal rein mit dir.«

Ich zog meine Hose und den Pullover aus und schlüpfte in das Kleid.

»Etwas weit. Moment.«

Die Frau holte Nadel und Faden und nähte an der Taille und an den Schultern noch etwas Stoff zusammen. Sie trat zurück.

»Dreh dich im Kreis.« Sie schnalzte erfreut mit der Zunge. »Sehr sehr schön! Dann nimm die Haube und geh rüber zu Irina, die macht dir die Haare und die Maske.«

Ein dunkel gekleideter Mann mit Headset auf dem Kopf kam herein. Er hatte Schweißperlen auf der Stirn und rote Flecken auf den Wangen.

»Birgit«, stieß er hervor, als sei er gerannt.

Ich sammelte währenddessen meine Kleidung ein und stopfte sie in den Rucksack.

»Wir brauchen noch eine Dienerin der Prinzessin, die ihr die Schleppe hält. Ist noch niemand da?«

»Doch, sie.« Birgit flatterte mit den grünen Wimpern und deutete auf mich.

»Meinst du, das passt?« Er sah mich von oben bis unten an, als wäre ich nicht da.

»Sie ist doch hübsch. Braucht nur noch ein anderes Kleid.«

Ich fühlte mich merkwürdig, wie sie so über mich sprachen, als könnte ich sie nicht verstehen.

»Kannst du sprechen?«, fragte er mich jetzt.

»Natürlich«, sagte ich und vor Entrüstung wurden meine Wangen warm.

»Ich meine, ob du richtig spielen kannst. Die Dienerin muss schon auch zwei, drei Sätze sagen.«

Er machte mich beinahe wütend. »Ich lerne Schauspiel«, sagte ich schnippisch, was sonst überhaupt nicht meine Art ist.

»Perfekt, dann komm mal kurz mit.« Er packte mich an der Schulter und führte mich aus dem Wagen.

Hilflos blickte ich zurück und sah, wie Birgit aufmunternd den Daumen hob.

Und so kam ich zu meiner ersten kleinen Sprechrolle. Ich musste einer Frau kurz den Text vorlesen, den sie mir gab, und dann die drei Sätze im Kontext sagen und spielen.

»Wunderbar! Einfach wunderbar!« Sie gab mir die Hand. »Das ist fantastisch. Hast du morgen auch Zeit? Wenn du die Rolle annimmst, dann sind es zwei Drehtage für dich.«

Ich dachte an Linda und daran, dass wir noch streichen wollten.

»Ja, habe ich«, sagte ich dann.

»Fantastisch«, wiederholte sie. »Du bist dann allerdings keine Komparsin, sondern bekommst einen richtigen Schauspielvertrag. Und natürlich ist deine Gage auch deutlich höher.« Sie zwinkerte mir zu.

»Komm heute Abend noch mal vorbei, dann machen wir alles fix. Und jetzt los: Du musst noch in die Maske!«

Als ich am Abend zurück zur Bushaltestelle lief, trug ich einen dicken Umschlag im Rucksack und noch immer eine Menge Verwirrung im Kopf. Verrückt. Total verrückt. Ich ging den Tag innerlich noch einmal von Anfang bis Ende durch. Heute war meine Angewohnheit, zu früh dran zu sein, eindeutig von Vorteil gewesen.

Wir hatten tatsächlich nur zwei kurze Szenen geschafft. Die Prinzessin besuchte das Gasthaus und ich als ihre Dienerin musste meist nicht viel mehr tun, als einen halben Meter hinter ihr zu stehen, ihre Schleppe zu halten oder ihr das Haar zu bürsten. Und als ich ihr aus einer Karaffe Wasser eingoss, sagte ich einmal: »Darf es noch etwas mehr sein, Euer Majestät?« Das war's. Dafür musste ich das ganze Prozedere so oft wiederholen, dass ich kaum noch mitzählen konnte. Die junge Frau, die die Prinzessin spielte, war nett, aber meiner Meinung nach keine gute Schauspielerin. Ständig versprach sie sich und schüttelte nervös ihre Hände aus. Nicht zuletzt deswegen dauerte alles so lang.

Am nächsten Morgen würde ich wiederkommen. Es war harte Arbeit gewesen, auch wenn es banal klingt. Aber ich war erschöpft und vollkommen ausgelaugt, als ich zu Hause ankam.

Benommen setzte ich mich in die Küche. Meine Eltern waren auf einem Geburtstag, aber ich fand noch eine Reispfanne, die ich mir aufwärmte und dann langsam in mich reinschaufelte. Gleichzeitig versuchte ich mit einer Hand den Umschlag zu öffnen. Es dauerte eine Weile, doch irgendwann hatte ich es geschafft und durchblätterte halbherzig die Papiere. Irgendwelche Klauseln und Juristensätze. Doch dann blieben meine Augen an einer Zeile hängen und ich verschluckte mich, prustete und spuckte einen Mundvoll Reis über den Tisch.

Meine Gage lag im vierstelligen Bereich. Das musste ein Fehler sein. Doch bei dem zweiten Exemplar, das für mich war, stand die gleiche Zahl.

Wenn das stimmte, dann musste ich mir über die ersten Monate für die Miete keine Gedanken mehr machen.

14.

Als ich den Vertrag unterschrieben mitbrachte, stellte sich heraus, dass sich tatsächlich niemand geirrt hatte. Meine Gage stimmte.

Doch der Tag kostete mich einiges an Laune und Nerven. Während ich der Prinzessin einen Apfel auf der Terrasse schälte, trug ich ein Kleid, das eindeutig zu dünn für die niedrigen Temperaturen war. Ich fror erbärmlich und musste mich bemühen, das Zittern zu unterdrücken. Bei Carmen, der Prinzessin, war es noch schlimmer. Ihre Finger wurden rot, die Lippen blau.

»Nein, nein«, rief die Regisseurin, »das Märchen spielt im Sommer! So geht das nicht!«

Sofort kamen einige Assistentinnen angehuscht, kneteten uns die Hände, flößten uns heißen Tee ein und puderten uns die Gesichter. Ich fühlte mich wie ein unselbstständiges Zootier. Zu allem Überfluss begann nun auch noch mein Magen zu knurren.

»Und bitte!«

Es ging von Neuem los. Die Prinzessin monologisierte, während ich bedächtig den Apfel schälte.

»Ach würde ich, ach könnt ich nur«, säuselte Carmen, dann verzog sie das Gesicht und nieste laut.

»Aus!«, brüllte die Regisseurin. Sie schob ihre Eulenbrille nach oben und griff sich an die Stirn. Dann zündete sie hektisch eine Zigarette an und pustete den Rauch in die kalte Luft.

»Eine Stunde Pause. Esst alle von der heißen Suppe. Und dann will ich eine Sommerszene sehen, die sich gewaschen hat!«

Auch nach dem Essen blieb die Stimmung angespannt. Carmen wurde nervös, vergaß mehr vom Text und die Regisseurin blaffte sie an, nannte sie unprofessionell und dämlich.

Ich hielt mich zurück, doch mein Unwohlsein gegenüber der Frau wuchs und wuchs. Zumindest Birgit und Irina von der Maske und vom Kostüm waren nett und bauten auch Carmen wieder auf. Die beiden waren eindeutig das Herz des Filmsets.

Erst am späten Abend konnte ich gehen. Während ich meine Sachen zusammenpackte, kam noch einmal die Frau zu mir, die mir meinen Vertrag gegeben hatte.

»Und, wie war es für dich?«, fragte sie.

»Anstrengend«, entgegnete ich ehrlich, »ich bin froh, jetzt nach Hause zu fahren.«

Die Frau lachte. »Kann ich verstehen.« Dann hielt sie mir die Hand hin. »Lisa.«

Lisa sah mich eine Weile an. Ihr Haar war blond, ihre Figur schlank, ich schätzte sie auf Mitte dreißig.

»Sag mal …«

»Nike?«

»Sag mal, Nike, hast du Interesse an Werbung? Ich bin immer auf der Suche nach besonderen Typen und du hast da dieses gewisse Etwas, das ich gebrauchen kann.«

Ich sah sie an. Hatte das Gefühl, dass sie sich irren musste.

Jetzt lachte Lisa. »Guck doch nicht so! Ich weiß, Werbung ist nicht supertoll, aber du kannst auf jeden Fall ganz gutes Geld verdienen.« Sie drückte mir eine Karte in die Hand. »Melde dich doch, wenn du Interesse hast.« Dann drehte sie sich um, und begann ein Gespräch mit Carmen.

Ich steckte die Karte in die Hosentasche. Ich wusste nicht, was das bedeutete, aber ich konnte gerade auch nicht darüber nachdenken.

Ich musste dringend ins Bett.

15.

In dem ganzen Durcheinander hatte ich eines vergessen: Ich hatte in wenigen Tagen Geburtstag.

Meine Mutter erinnerte mich beim Frühstück daran. Noch immer nicht ganz erholt, löffelte ich mein Müsli, als sie mich fragte: »Sag mal, wünschst du dir eigentlich was zum Geburtstag?«

Ich hielt inne. »Was?«

»Na ja, am Freitag.«

»Oh!«

Ich hatte Linda gestern noch vorgeschlagen, dass wir dann ja streichen könnten, wo es doch dieses Wochenende schon nicht geklappt hatte.

»Hm …«

Eine Party hatte ich natürlich nicht geplant.

»Also … es wäre toll, wenn ihr Linda und mir am Freitag beim Streichen und Renovieren helfen könntet.«

Meine Mutter sah etwas irritiert aus. »Du willst an deinem Geburtstag renovieren?«

Ich ließ einen Moment verstreichen und konnte keinen inneren Widerstand finden. Daher nickte ich. »Jap! Eigentlich ist das doch eine tolle Idee: Ich kann Leute zu meiner Geburtstags-Streichparty einladen und keiner kann guten Gewissens absagen.« Ich war begeistert von dem Vorschlag.

»Na, wenn das so ist«, ich hörte förmlich, wie sie ein Seufzen unterdrückte, »dann helfen wir dir wohl streichen.«

Die Woche verlief recht ereignislos. Ich hielt mein erstes Referat und musste mich gleich an die Vorbereitung für das nächste setzen. Ich ging zur Theaterprobe und bekam jetzt als eine der Ersten eine feste Rolle für das Stück, ich versuchte mich mit Jasper zu treffen, doch zeitlich passte es nie, und dann hatte ich auch schon Geburtstag.

Ich war gespannt, wer alles kommen würde. Ich hatte meinem Semester Bescheid gegeben, der Theatergruppe, Cora und Helene und noch zwei anderen Mädchen aus der Abizeit. Und natürlich Jasper. Ich war etwas nervös, weil ich nicht wusste, ob er kommen würde.

Linda und ich trafen uns schon am Vormittag, meine Gäste hatte ich ab mittags mit Pinseln und Malersachen eingeladen.

»Alles, alles Gute!«, rief Linda, als wir uns vor der Wohnung trafen. Sie drückte mir einen roten Lippenstiftkuss auf die Wange und einen riesigen Blumenstrauß in die Hand.

»Ich dachte, der passt gut in unsere Küche.« Sie zwinkerte.

»Uuuund …« Sie wühlte in ihrer Tasche: »Tadaaa!«

An ihrem Finger baumelte ein Schlüssel mit einem runden Schlüsselanhänger.

»Meine Tante hat mir gestern offiziell alle Wohnungsschlüssel übergeben.«

Ein warmes Freudengefühl erfasste mich. Ich griff nach dem Schlüssel, er fühlte sich nach Sicherheit an. Real. Ein neuer Schritt.

Gegen eins klingelte es zum ersten Mal. Linda und ich standen in großen T-Shirts im ehemaligen Wohnzimmer und strichen zwei Wände weiß und zwei hellrosa. Das würde Lindas Zimmer werden.

Ich lief durch den Flur im Slalom zwischen den Farbeimern hindurch und öffnete die Tür. Cora. Etwas verlegen umarmte ich sie. Ihr Pony war länger geworden.

»Schön, dich zu sehen!«, sagte ich und merkte, dass es stimmte.

»Finde ich auch«, entgegnete Cora und drückte mir ein dünnes Päckchen in die Hand.

»Komm rein.«

Sie folgte mir in den Flur und zog die Schuhe aus.

»Helene kommt später auch. Wie geht es dir?«

»Gut. Wirklich gut.« Noch immer war ich verlegen und spielte an dem Geschenkband herum. »Und dir?«

Sie verdrehte die Augen. »Ach, meine Eltern drehen derzeit mal wieder durch, ich habe keinen Plan für mein Leben und sterbe vor Langeweile … aber sonst ganz in Ordnung.«

Ich wickelte das Geschenk aus. Eine DVD. Ich lächelte. »Wir können dann demnächst ja einen Filmabend machen«, meinte Cora und ich hörte das Zögern in ihrer Stimme.

»Gerne!«, entgegnete ich. »Wie wäre es ausnahmsweise mal bei mir? In der neuen Wohnung?«

In dem Moment kam Linda in den Flur gestolpert, einen großen gelben Fleck auf der Wange und das Auge darüber zusammengekniffen.

»Hallo«, sagte sie und grinste Cora an, »ich bin Linda. Ich reiche dir mal nicht meine Hand.« Sie hob ihre völlig verkleckstn Finger hoch.

»Cora.«

»Ah!«, rief Linda begeistert. »Du bist also diejenige, die für Nikes beginnende Weltkarriere verantwortlich ist!«

Cora lächelte vorsichtig.

Ich hatte sie selten so schüchtern erlebt.

»Ich freue mich, dich kennenzulernen!« Bei den Worten schien Cora sich etwas zu entspannen. Und ich war mal wieder mehr als froh über Lindas natürliche Herzlichkeit.

Mein Geburtstag wurde ein voller Erfolg! Meine Eltern kamen kurz nach Cora, und mein Vater hatte Chili sin Carne gekocht und frisches Fladenbrot gebacken. Dann erschienen nach und nach Yusra, Solveig, Marie und Pedro aus der Schule, danach Helene und später noch vier Leute aus der Theatergruppe. Irgendjemand machte laute Musik an und dann tanzten wir mit Pinseln und Farben durch die Gegend, breiteten knisternde Plastikfolie aus, aßen Chili, und als es dunkler wurde, öffnete jemand die erste Flasche Weißwein. Völlig berauscht von der Hilfe und dem schnellen Vorankommen, von den Leuten, die sich ganz natürlich miteinander mischten und sich unterhielten, wurde meine Nervosität in Bezug auf Jasper immer kleiner. Und irgendwann bildete ich mir ein, dass es egal war, ob er kam oder nicht.

Wir waren schon fast fertig, als es wieder klingelte. Mit bunten Sprenkeln auf Gesicht und Händen, zerzaustem Haar und klebrigem T-Shirt öffnete ich schwungvoll die Tür.

»Jasper!« Er lächelte mich an und hielt mir einen Topf Basilikum mit einer grünen Schleife darum entgegen.

»Hallo, Nike. Ich dachte, rote Rosen sind schon etwas überholt. Mit Kräutern kannst du wenigstens was anfangen.« Sein braunes Haar war mindestens so durcheinander wie meins und seine Augen leuchteten. »Ich musste lange arbeiten, sonst wäre ich früher gekommen.«

Noch immer völlig euphorisch und von meinem Glas Wein aufgedreht, trat ich einen Schritt zu ihm in den dunklen Flur. Es roch nach Treppenhaus und Holzgeländer, nach drinnen und draußen. Ich sah ihm in die Augen. Sah die Reflexion des Wohnungslichtes darin und mein Gesicht, das immer näher kam. Und dann küsste ich ihn einfach. Seine freie Hand legte sich an meinen Rücken und er zog mich an sich, während er das Basilikum mit der anderen balancierte.

Ich schlang meine Arme um seinen Hals und schloss die Augen, seinen Geruch in meiner Nase flog ich davon. Dann löste ich mich von ihm und trat benommen einen Schritt zurück.

»Dann … komm doch rein.« Ich grinste. Und er grinste zurück. So ging das den ganzen Abend. Wenn unsere Blicke sich begegneten, lächelten wir. Wir teilten ein Geheimnis. Ich war leichter als eine Feder, hatte das Gefühl davonzuschweben, wenn ich nicht aufpasste.

Irgendwann gegen Mitternacht, als die Wände längst gestrichen waren und wir nur noch beisammensaßen, uns unterhielten und in den leeren Zimmern tanzten, nahm Linda mich zur Seite.

»Sag mal … ist da was gewesen zwischen dir und Jasper?«

Ich grinste verräterisch. »Nö. Ganz und gar nix.« In dem Moment war ich noch nicht bereit, mein kleines Geheimnis zu teilen.

»Na gut«, sagte Linda und sah mich nicht ganz überzeugt an, »aber wenn sich was tut, sag Bescheid.«

16.

Zu meinem großen Unglück sahen Jasper und ich uns die nächsten Wochen kein einziges Mal alleine. Sein Semester begann sich nun auf die Abschlussinszenierung vorzubereiten und arbeitete bis spät in die Nacht an dem Stück, am Bühnenbild und am Text. Und vormittags, wenn er Zeit hatte, dann musste ich in den Unterricht. Nur bei den Theaterproben trafen wir uns. Aber das zählte nicht richtig.

Auch deswegen freute ich mich schon umso mehr auf Lindas und meine Einweihungsparty. Mein Umzug war zum Glück nicht allzu kompliziert. Wir mieteten einen kleinen Lieferwagen, packten meine Möbel und Kartons ein und meine Mutter fuhr alles zur neuen Wohnung.

Das Hochtragen in den fünften Stock war das eigentliche Problem. Schwitzend und keuchend schleppten wir alles nach oben, und als es auch die letzte Schublade geschafft hatte, ließ ich mich erst mal auf meine Matratze plumpsen.

Linda hatte ihren Umzug bereits vor zwei Tagen erledigt.

»Nicht schlappmachen!«, kommandierte meine Mutter und packte die Bohrmaschine aus. »Jetzt geht's erst richtig los!«

Und als wir dann am Abend mit Linda und ihrem Hund Koko, meinem zweiten Mitbewohner, in der Küche saßen und den Kartoffelsalat meines Vaters genossen, da fühlte sich die Wohnung zum ersten Mal nach zu Hause an.

»Jetzt wohnen wir richtig zusammen«, grinste Linda und meine Mutter verschluckte sich kurz an einem Stück Kartoffel.

»So richtig echt!«

Koko kam zum Tisch getapst, ein kleiner honigfarbener Hund mit großen Ohren und freundlichem Gesicht. Er bellte einmal kurz.

»Huch!«, rief mein Vater und von seiner Gabel fielen Gewürzgurken. Koko sprang herüber, schnupperte erst skeptisch, dann leckte er alles auf.

»Praktisch«, sagte meine Mutter und ich glaube, sie hatte sich wieder gefangen.

Wir saßen noch eine Weile beisammen, dann entschieden meine Eltern, dass es Zeit war, aufzubrechen.

Als Linda und ich im Bad zähneputzend nebeneinanderstanden und uns im Spiegel anblickten, grinsten wir und spuckten im selben Moment aus. Wir kicherten, wie ich es zuletzt mit dreizehn getan hatte, und dann umarmten wir uns.

»Gute Nacht, Linda.«

»Gute Nacht, Nike. Merk dir genau, wovon du in der ersten Nacht in deinem neuen Zimmer träumst!«

Als ich mich am nächsten Morgen daran zu erinnern versuchte, kamen zwar keine Bilder hoch. Aber ein sehr schönes Gefühl. Und das reichte mir.

Linda und ich beschlossen, unsere Einweihungsfeier nach der Fechtprüfung anzusetzen. Linda war in dem Fach bravourös und übernahm den größten Teil der Partyplanung, während ich mit Solveig jede freie Minute nutzte, um die Choreo zu lernen.

Ich hielt täglich an der Schule nach Jasper Ausschau, doch er kam wegen der Inszenierung im Moment wohl nur abends her und wir begegneten uns nicht. Das verunsicherte mich. Alles war doch an meinem Geburtstag so verheißungsvoll weitergegangen, aber bis auf zwei oder drei kurze Nachrichten hatten wir keinen Kontakt. Ich versuchte mich zu beruhigen, indem ich mir sagte, dass er gerade einfach wahnsinnig viel zu tun hatte und wir uns spätestens bei unserer Einweihungsparty wieder länger begegnen würden.

Am Abend vor der Fechtprüfung sahen wir uns bei der Theaterprobe. Kaum dass ich sein Lächeln und sein Glänzen in den Augen erblickte, wusste ich, dass ich mir ohne Grund Gedanken gemacht hatte.

»Kommst du am Freitag zu unserer Party?«

Er berührte kurz meine Hand. »Na klar!«

Da war ich versöhnt. Und fieberte noch mehr aufs Wochenende hin.

Ich bestand die Fechtprüfung deutlich besser als erwartet. Als Solveig und ich aus dem Raum kamen und uns abklatschten, hatte ich das Gefühl, alles schaffen zu können.

Das Hochgefühl hielt auch am Abend noch an, als Linda und ich singend in der Küche standen und Salate, Aufstriche und zwei Suppen für unsere Party vorbereiteten. Wir tanzten in Wollsocken auf dem rutschigen Linoleum und Koko sprang zwischen uns herum, ganz aufgeregt, und wusste nicht so recht, wie ihm geschah.

»Genug Avocados?«

»Ja!«

»Salz, Pfeffer?«

»Ja!«

»Tomaten?«

»Ja!«

»Knoblauch?«

»Ja!«

»Aber nicht zu wenig Knoblauch?«

»Auf keinen Fall!«

Wir manschten und buken und rührten und mischten und nach kurzer Zeit war unsere Küche voll dreckigem Geschirr und wir von Klecksern und Flecken übersät. So hatte ich mir das vorgestellt, das WG-Leben, das Leben mit Linda, das Leben an einem selbst gewählten Ort. Ich hatte nicht gewusst, wie wichtig das für mich zu sein schien, aber jetzt, wo ich nicht mehr zu Hause wohnte, fühlte ich mich frei und groß und als könnte ich mein ganzes Leben von nun an genau so gestalten, wie ich es mir wünschte.

»Ich habe eine neue Statistenrolle, vier Drehtage, richtig gut!«, rief Linda mir über ihr Holzbrettchen hinweg zu. Ich nickte im Takt der Musik.

»Oh wirklich? Nächste Woche für diesen Fernsehfilm?«

»Genau! Du auch?!«

Ich nickte. »Ja!«

»Juhu!«, jubelte Linda und dann stießen wir mit unseren Teetassen an.

Ich schluckte mein Getränk runter. »Ich muss sagen«, begann ich, »jetzt, wo ich ein paarmal Komparsin war, hätte ich wirklich große Lust, irgendwann im Leben einmal eine richtige Filmrolle zu spielen.«

Linda nickte begierig. »Oh ja! Davon träume ich, seit ich ganz klein bin. Du auch?«

Ich lachte auf. »Ganz und gar nicht. Ich wollte doch nie Schauspielerin werden. Aber so nach und nach kann ich diese Wunschvorstellung verstehen.«

Wir grinsten uns an, mit leuchtenden Augen und scharfen Messern in der Hand. Eine Weile schnitten wir weiter Tomaten und sangen laut und falsch zur Musik.

17.

Ich hatte nicht gewusst, dass so viele Menschen in unsere Wohnung passen würden. Fast unser ganzes Semester kam, sogar Selma und Tobias. Aus meiner Theatergruppe folgten zwei Leute der Einladung und aus den höheren Semestern auch ein paar.

Und dann waren da noch Lindas Freunde. Sie kamen in großen Horden, brachten Kuchen und Getränke mit, waren laut und liebten es zu singen und zu tanzen. Zuerst war ich unsicher, doch dann beschloss ich einfach, sie zu mögen.

Der Abend war erfüllt von einem Rauschen: Stimmengewirr, Tanzmusik in Lindas Zimmer, gedämpfte Lichter, Geschirrgeklapper und Gabelquietschen in der Küche, Gläserklirren vom Einschenken und Anstoßen. Mein Kopf fühlte sich weich und wattig an und ich hatte ein Dauergrinsen im Gesicht.

Linda kam angerannt und schob sich zwischen den Leuten hindurch. Sie drückte mir schwungvoll einen Kuss auf die Wange. »Wie geht's, wie steht's?«, rief sie mir über den Lautstärkepegel hinweg zu.

»Wunderbar! Einfach wunderbar«, sang ich zurück und legte einen Arm um ihre Schultern.

Tobias und Selma betraten die Küche. Sie waren von der Stimmung noch nicht ganz angesteckt worden und unterhielten sich angeregt in ernsthaftem Tonfall.

»Ich geh tanzen«, rief Linda und hüpfte aus der Küche.

Ich wippte mit meinem Kopf im Takt der Musik.

Es fühlte sich so richtig an. Genau richtig. Ich war nie ein großer Partymensch gewesen. Vielleicht hatte ich es mir bisher auch einfach nicht zugetraut. Denn so wie es jetzt war, konnte es für immer bleiben.

Ob Jasper bald kommen würde? Ich sah auf die Uhr. Schon fast eins.

»Hey, Nike«, sagte plötzlich eine hohe Stimme links von mir. Aus meinen Gedanken gerissen, zuckte ich kurz zusammen. Es war Selma, die mich knapp anlächelte. »Kommt Jasper heute auch?«

Ich schluckte. Hatte sie meine Gedanken gelesen? Ein kurzer Stich durchfuhr mich. War das Eifersucht? Wieso fragte sie das? Und wieso machte es mir etwas aus? Ich war doch kein eifersüchtiger Mensch!

Ich steckte eine rote Haarsträhne zurück in meinen Zopf, um mir ein paar Sekunden Zeit zu verschaffen.

»Ja«, erwiderte ich knapp. Ich haderte kurz mit mir und schob dann ein »Wieso?« hinterher.

»Och …« Selma guckte kurz zu Boden und grinste dann. »Wir haben uns in den letzten Tagen einfach nicht mehr so oft gesehen wie noch vor kurzer Zeit. Die Abschlussinszenierung beansprucht ihn wohl ziemlich. Hat er dir von der letzten Probe erzählt?«

Nein, hatte er nicht, weil ich ihn nicht mehr getroffen

hatte. Aber das wollte ich vor Selma jetzt nicht zugeben. Traf er sich mit ihr?

Gut gelaunt löffelte sie die Guacamole, während ich auf meine Lippe biss.

Ich hasse es zu lügen. Doch jetzt tat ich es. »Na klar«, entgegnete ich und spürte, wie mein Lächeln wackelte.

»Natürlich«, sagte Selma und ich war mir unsicher, ob es Ironie war. »Na dann«, flötete sie, »hole ich mir mal ein Bier aus der Badewanne. Die Avocado-Creme ist übrigens fantastisch.«

Sie leckte sich einen Finger ab und tänzelte aus der Küche.

Eben noch hatte ich das Gefühl gehabt, bald abzuheben. Jetzt hatten sich Steine auf meine Füße und in meinen Bauch gelegt.

Es klingelte. Ich zog meine Augenbrauen zusammen und kaute auf meiner Lippe. Hatte ich wieder alles überinterpretiert? Traf sich Jasper einfach locker mit verschiedenen Frauen? Hatte ich erneut etwas missverstanden? Ich holte tief Luft. Ich musste mit Linda reden, ihr von dem Kuss erzählen und von Selma. Hastig quetschte ich mich an Solveig und Yusra vorbei und taumelte in den Flur. Die Hälfte des Bodens war mit Schuhen bedeckt. Und ganz hinten erkannte ich sie, Jaspers Schuhe.

Ich hob meinen Kopf. Jasper legte gerade seine Jacke ab. Und dann kam Selma. Ein Bier in der Hand, mit wiegenden Hüften stolzierte sie auf ihn zu. Dann drückte sie sich an ihn, schlang ihren freien Arm um seinen Rücken und presste ihren Mund auf seinen.

Mir wurde schlecht. Ich wankte kurz und klammerte mich an der Garderobe fest.

Plötzlich hatte ich eine Hand auf der Schulter und hörte Lindas besorgte Stimme, die »Was ist los?« fragte. Dann sah sie es. »Oh Shit …«, murmelte sie und versuchte mich in ihr Zimmer zu ziehen.

Doch ich riss mich los. Drückte mich an Jasper vorbei zur Tür. Ob er mich überhaupt gesehen hatte? Hatte er.

»Nike«, sagte er.

Ich blickte ihn kurz an. Sah das Erschrecken in seinen Augen, als er meinen Schmerz erkannte. Dann riss ich die Tür auf und rannte auf Socken das Treppenhaus hinunter. Auf halbem Weg begegnete ich zwei Polizisten.

»Hallo, Fräulein«, sagte der eine. »Wir kommen wegen Ruhestörung. Gehören Sie zur Party?«

»Ganz bestimmt nicht«, schniefte ich und dann stolperte ich ins Erdgeschoss und stürmte auf die Straße. Der Mond hing klar am Himmel, in meine Lungen strömte kalte Luft. Da war ich wieder. Ich atmete noch einmal tief durch. Ich war schon wieder darauf reingefallen, auf das Gefühl, etwas Besonderes für einen einzigartigen Menschen zu sein. Ich lief los. Lief und lief und irgendwann sank ich an einem Baum nieder und begann zu weinen. So etwas würde mir nicht wieder passieren. Nie, nie, nie wieder!

Teil 1
Spätherbstwind

Teil 2
Frühlingsgefühle

Teil 3
Sommerhoch

1.

Schwitzend ließ ich die Tür hinter mir ins Schloss fallen und pfefferte die Einkaufstasche in die Flurecke.

»Essen!«, hörte ich Linda aus der Küche jubeln.

Ich schlüpfte aus meinen Flip-Flops und schleppte mich in die Küche. Für Ende Juni war es bereits unfassbar heiß.

Das Basilikum, das Jasper mir an meinem Geburtstag geschenkt hatte, wenige Sekunden vor unserem einzigen Kuss, ließ schlaff die Blätter hängen. Ich weigerte mich, das Pflänzchen zu gießen. Irgendwie dachte ich, dass es Japser etwas ausmachen könnte. Zum Glück kümmerte sich Linda darum. Ich war trotz einiger Wochen Abstand noch immer nicht über das Ereignis an unserer Einweihungsparty hinweggekommen. In der Schule begegneten Jasper und ich uns zum Glück selten und zur Theatergruppe kam er derzeit kaum, weil schon in der nächsten Woche seine Abschlussinszenierung Premiere haben würde. Aber Selma sah ich häufig, es fiel mir schwer, doch da sie in meinem Semester war, konnte ich ihr kaum aus dem Weg gehen. Und vorwerfen wollte ich ihr auch nichts: Sie wusste ja nichts von meinen Gefühlen, was hätte sie denn tun können? Wenigstens begegnete ich ihnen nie zusammen. Da war ich schon ganz froh drum.

»Was gibt's denn?«, fragte Linda begierig und kraulte Koko, der zwischen ihren Füßen auf dem Küchenboden lag. Wir hatten uns angewöhnt, immer gegenseitig füreinander zu kochen.

»Ofengemüse mit Tofubratlingen.«

Linda verdrehte schwärmerisch die Augen. Dann sprang sie auf und griff nach einer Zucchini aus der Einkaufstüte.

»Ich fange schon mal an zu schneiden.«

Ich nickte und ließ mich erst mal auf den Küchenstuhl fallen.

»Wie war deine Gesangsstunde?«, fragte Linda, während sie das Gemüse in Scheiben schnitt. Manchmal waren wir wie ein altes Ehepaar.

Und wie war dein Tag, Schatz?

Ganz gut, Schatz, und selbst?

Kann nicht klagen, Schatz.

Aber wie ein gutes Ehepaar! Eins, das sich Halt gibt, das sich zuhört, das füreinander kocht.

»Schrecklich«, stöhnte ich und ließ den Kopf auf meine Arme fallen. »Manchmal frage ich mich echt, was ich da soll.«

Linda kicherte. »Es gehört halt auch dazu. Du musst ja keine Musical-Darstellerin werden.«

»Im Chor falle ich inzwischen nicht mehr unangenehm auf, aber bei den Einzelstunden bringe ich Carsten doch an seine pädagogischen Grenzen.« Ich stand auf, holte mir ein Brettchen und begann Kartoffeln zu vierteln.

»Vor allem war auch noch Selma mit ihrer bombastischen Stimme nach mir dran. Ich habe vor der Tür noch kurz meine Sachen gepackt und schon beim Einsingen hat Carsten sich vor Lob fast überschlagen. Das muss ein riesiger Kontrast für ihn sein, uns direkt hintereinander zu unterrichten.«

»Mach dir keinen Kopf«, entgegnete Linda, warf Koko den Zipfel einer Möhre hin und legte mir die Hand auf den Rücken.

»Deine Stärke liegt darin, wirklich in die Rolle zu schlüpfen. Ein fremder Charakter zu sein.«

Ich nickte. Sie hatte recht.

Linda machte leise Salsamusik an und wackelte beim Schnippeln ein bisschen mit den Hüften.

»Oh, oh«, rief sie dann und klang aufgeregt, »ich habe vorhin deinen Werbeclip im Internet gesehen.«

»Was?!« Ich hielt im Schnippeln inne.

»Ja! Der für die vegane Bratwurst!«

Ich kicherte. »Zeigst du ihn mir?«

Linda holte ihren Laptop in die Küche und ging auf YouTube. »Warte, gleich kommt er bestimmt.«

Sie klickte ein paarmal auf die Videos, vor die Werbung geschaltet war. Erst für einen Damenrasierer, dann für einen Musikstreaminganbieter und dann …«

»Jetzt, jetzt, jetzt!«

Linda drückte sich die Hand vor den Mund.

Das war ich. Und drei andere Leute, die um einen Grill herumsaßen. Dann ich in Nahaufnahme, wie ich in das fleischfreie Würstchen biss. Es knackte und platzte zwischen meinen Zähnen auf. Dann wieder wir alle, wie wir unsere Gabeln in die Luft hielten.

»Das haben die aber schnell fertig gemacht«, wunderte ich mich, »der Dreh war doch erst vor ein paar Wochen.«

»Na ja«, Linda zuckte mit den Schultern, »die Grillsaison steht vor der Tür. Aber ist das alles, was du dazu sagst?«

Ich lauschte kurz in mich rein. Viel war da nicht. »Schon toll«, sagte ich dann. »Aber ich glaube, ich bin einfach generell gegen Werbung. Ich habe das ja wirklich nur für die Miete gemacht.«

»Welch Luxus!«, bemerkte Linda und griff nach der Süßkartoffel.

Und wieder hatte sie recht. Ich kam mir etwas herablassend vor.

»Also, ich meine, es ist echt super, weil in der Werbung so gut gezahlt wird, und ich bin da gerade sehr dankbar!«, legte ich schnell nach. »Aber an sich finde ich das Konzept von Produktwerbung einfach sehr fragwürdig.«

»Ich weiß, was du meinst«, sagte Linda und griff nach dem Olivenöl. »Aber immerhin waren es *vegane* Würste.«

»Bei anderen hätte ich auch Nein gesagt.«

Nach unserer Einweihungsparty hatte ich beschlossen, mich jetzt wirklich um mein Schauspiel zu kümmern, und darum, Geld zu verdienen, um die Miete monatlich zahlen zu können. Schon zwei Tage später rief ich Lisa an, die ich bei dem Märchendreh kennengelernt hatte. Ihre Visitenkarte steckte noch zerknittert in meiner Hosentasche, doch die Nummer war lesbar. Sie lud mich sofort in die Büroräume der Agentur ein und machte Fotos von mir und nahm ein kleines Video auf.

Seitdem hatte sie mir schon drei kleine Jobs vermittelt. Alles kurze Werbespots fürs Internet. Zwei Drehtage, und für mehrere Monate ausgesorgt.

Ich hatte wirklich Glück. Das war Luxus.

»Ich wünschte, ich hätte auch mal eine regelmäßige Einnahmequelle, die weder was mit Abrufbereitschaft noch mit Mindestlohn zu tun hat«, stöhnte Linda und mischte das Gemüse mit Öl und Gewürzen in einer Schüssel, ehe sie alles aufs Ofenblech kippte.

»Neulich bei dieser Spendengala hat mich ein Typ am Hintern angegrapscht und eine Frau mit so viel Botox unter der Haut, das ich kaum ihre Mundwinkel beim Sprechen habe zucken sehen, meinte zu mir: *Kindchen, trag doch bitte einen längeren Rock.*«

»Was?« Ich sah sie entsetzt an. »Hast du den Typen angebrüllt oder dich bei deiner Chefin gemeldet?«

Linda schüttelte den Kopf. »Ich brauche den Job.«

War das zu fassen? Es war nicht das erste Mal, dass Linda sich beim Arbeiten grenzüberschreitende Dinge gefallen ließ. Sie war bei einer Serviceagentur gelistet und wurde gegen Mindestlohn für Veranstaltungen als Kellnerin gebucht. Sie arbeitete dann oft mehrere Tage auf großen Messen oder die ganze Nacht auf irgendeinem Event mit reichen Leuten und Menschen, die sich selbst als Promis bezeichneten. Sie hasste den Job. Doch leider brauchte sie ihn wirklich.

»Lernen wir kurz unsere Szene, bis das Gemüse fertig ist?« Sie hatte keine Lust mehr über den Vorfall zu reden. Ich wollte sie nicht drängen.

»Klar!« Ich sprang auf, um aus meinem Rucksack die Texte zu holen. Nicht nur Jaspers Semester hatte nächste Woche das Abschlussstück, sondern auch wir hatten unsere erste Semesterprüfung. Und Linda und ich spielten sogar eine Szene zusammen aus *Die Räuber.*

Jaspers Auftritt würde ich trotzdem besuchen. An der Schauspielschule gehörte es dazu, sich die Prüfungen aller Semester anzusehen. Und das Stück des Abschlusssemesters sowieso!

Während sich ein Duft von Gewürzen und warmen Kartoffeln ausbreitete, spielten wir unsere Szene und mussten nur noch ganz selten auf den Text schauen. Wir fanden beide, dass es schon ganz gut lief.

Gegen elf am Abend bekam ich eine E-Mail.

Sie war von Jasper. Mein Herz begann zu klopfen. Schließlich hatte ich einige Wochen keinen richtigen Kontakt zu ihm gehabt. Warum schrieb er mir jetzt?

Nike, ich glaube, wir sollten uns unbedingt treffen.

Mehr stand da nicht. Im Anhang war ein weiteres Foto von dem Tag, an dem er im Park Bilder von mir aufgenommen hatte. Es war nicht für meine Bewerbungen gedacht, sondern für mich.

Jasper hatte es mit ausgetrecktem Arm gemacht. Wir beide von schräg oben, wie wir in die Kamera grinsten.

Schnell schloss ich die Datei. Schloss die E-Mail und versuchte zu ignorieren, was ich gerade gelesen hatte.

2.

Es war wie verhext. Nachdem ich Jasper die letzten Wochen fast nie gesehen hatte und auch immer so schnell wie möglich aus der Schule verschwand, damit das auch bloß nicht passierte, traf ich ihn nach meinem Einzelsprechtraining im Flur.

Kurz war ich verwundert. Er saß auf einem Tisch und ich fragte mich, ob er womöglich auf mich gewartet hatte. Ich verwarf den Gedanken, das war besser für mich. Vielleicht wartete er ja auf Selma.

»Nike!« Er sprang auf und wollte mich umarmen. Widerwillig wand ich mich aus seinen Armen und sofort ließ er mich los. In seinen Augen lag ein verletzter Ausdruck, doch dann lächelte er mich wieder an.

»Ich habe dich vermisst«, sagte er.

Ich dich auch, schrie ich innerlich. Doch außen blieb ich stumm.

»Auf deiner Party …«, begann er, und ich konnte nichts sagen, hielt nur die Hand in die Höhe. Sofort verstummte er.

»Du möchtest nicht mit mir darüber reden?«

Ich nickte.

»Möchtest du generell nicht mit mir reden?«

Ich wackelte unbestimmt mit dem Kopf.

»Ich möchte wieder mit dir befreundet sein, Nike.«

Ich nickte.

»Und du?«

Da war es, das Wort, das er meinte: Freundschaft. Nicht Liebe.

»Ja. Freundschaft ist gut«, sagte ich gepresst und dann floh ich, lief schnurstracks den Flur hinunter und überlegte, was er wohl nun von mir denken musste.

Am Abend war ich bei meinen Eltern zum Essen eingeladen. Ich kam mindestens einmal die Woche her und merkte, wie gut es ihnen tat, dass ich nicht so plötzlich aus ihrem Alltag verschwunden war.

Heute waren außerdem meine Tante Isa und ihre Freundin Meike zu Besuch. Auf der Durchreise zu einem romantischen Wellness-Wochenende an der Ostsee blieben sie eine Nacht bei meinen Eltern. Isas Tochter war für die paar Tage beim Vater.

Beim Gedanken an die beiden war mir etwas mulmig zumute, besonders wenn ich an Meike dachte. Ich hatte sie zuletzt an Weihnachten gesehen, als sie die Wahl meiner Ausbildung kritisiert und ich ihr an den Kopf geworfen hatte, dass sie nie eigene Kinder haben würde.

Keine gute Basis für ein entspanntes Treffen. Aber wahrscheinlich nötig, um das Ganze wieder ins Reine zu bringen.

Ich kam extra etwas früher, damit ich auf jeden Fall vor Isa und Meike da war und meinem Vater noch bei den selbst gemachten Tortellini helfen konnte.

»Nike, wie schön, dich zu sehen!«, meine Mutter umarmte mich fest. Sie roch nach Gartenarbeit: frische Erde und ein Hauch von Schweiß.

Ich trat ein und ließ meine Tasche auf die Treppenstufe fallen. Wir gingen ins Wohnzimmer und meine Mutter goss mir lächelnd eine Tasse Tee ein.

»Hallo, Nike«, rief mir mein Vater aus der Küche zu. Es roch schon jetzt köstlich. Die Tomatensoße meines Vaters musste stundenlang auf dem Herd köcheln, um seinen Ansprüchen zu genügen.

Meine Mutter spielte an einem großen Ring an ihrem Finger. »Geht's dir gut?«, fragte sie.

»Es geht so.« Ich hatte gerade nicht so viel Lust, von Jasper zu erzählen.

»Etwas mit der Ausbildung?«

Ich schüttelte den Kopf. »Das läuft ganz gut. Nein, etwas mit meinem Herzen.«

Jetzt nickte sie. »Ich verstehe. Und möchtest du darüber reden?«

»Gerade nicht. Danke, Mama.«

»Okay.« Ich wusste, dass das Thema damit für sie abgehakt war, und ich liebe sie dafür. Sie ist keine neugierige Mutter. Wenn ich Nein sage, dann nimmt sie Rücksicht, ohne verletzt oder beleidigt zu sein. Ganz im Gegensatz zu Coras Mutter, bei deren Diskussionen sofort die Worte Geheimnis, Lügen und Ausschließen fielen.

Ich erzählte ein bisschen aus der Schule, von Lindas Arbeit, und als ich meiner Mutter die Situation mit dem Begrapschen erzählte, da wurde sie richtig wütend.

»Ihr müsst euch wehren, ihr jungen Frauen!«, rief sie. »Die Zeiten, in denen wir so etwas akzeptieren mussten, sind doch längst vorbei!«

Ich musste mir ein Grinsen verkneifen. Meine Mutter war von einer alleinerziehenden Feministin großgezogen worden. Ich finde das toll. Und ich höre in ihren Worten immer meine alte Oma.

»Ich werd's ihr sagen«, versprach ich und stand auf.

»Eine Sache noch.« Jetzt drehte meine Mutter wieder an ihrem Ring, bei ihr immer ein Zeichen von leichter Nervosität.

Ich sah sie aufmerksam an.

»Jetzt, wo du nicht mehr hier wohnst …«, sie hielt kurz inne, »… na ja, ich dachte, ich kann in deinem Zimmer einen kleinen Meditationsraum einrichten.«

Ein warmes Gefühl durchströmte mich. »Das ist eine fantastische Idee!«

Sie atmete erleichtert aus. »Und du bist nicht traurig oder fühlst dich verdrängt?«

»Auf keinen Fall! Ich freue mich! Nichts ist schlimmer als konservierte Kinderzimmer, die nicht angerührt werden. Ihr seid ja nicht nur meine Eltern.«

Sie nickte. »Ja! Da hast du recht! Puh.«

Ich lächelte. »Na dann … ich gehe Papa helfen.«

In der Küche öffnete ich erst mal ein Fenster, um den Dunst abziehen zu lassen. Die Schwaden zogen in den Garten, formten sich zu Strudeln und Bächen. Ich glaubte sogar, eine kleine Meerjungfrau zu erkennen, die von Welle zu Welle sprang. Auf dem Weg zu ihren Schwestern, um sich auf die Dunstfelsen zu legen und traurige Seefahrer anzulocken.

»Niemand kann so lange in Wasserdampf starren wie du«, sagte mein Vater. Ich hörte das Lächeln in seiner Stimme.

»Entschuldige!« Wie so oft war ich kurz in meiner eigenen Welt abgetaucht.

»Da nicht für.«

Ich band mir eine Küchenschürze um und stellte mich neben ihn. Er hatte bereits kleine Quadrate aus dem dünn ausgerollten Teig geschnitten.

»Füllst und faltest du die Tortellini? Dann kann ich schon mal Salat machen.«

»Na klar.« Er wusste, dass ich es liebte, die kleinen Kissen zu formen. »Was für eine Füllung hast du gemacht?«

»Spinat-Walnuss und Tomate mit Räuchertofu.«

»Klingt toll! Hoffentlich beschweren die beiden sich nicht über die vegetarische Variante. Isa ist doch Fleisch-Fan.«

»Ach!« Mein Vater winkte ab und streute dabei etwas Mehl auf den Boden. »Das werden die beiden gar nicht merken. Und außerdem bin ich Isas großer Bruder. Es ist ja fast meine Aufgabe, sie ein klein bisschen zu ärgern.«

Als ich aus meinem ehemaligen Zimmer, wo ich noch ein paar Bücher eingepackt hatte, nach unten kam, saßen alle schon beisammen. Mein Vater brachte die dampfenden Schüsseln aus der Küche und stellte sie auf dem ordentlich gedeckten Tisch ab.

Isa und Meike saßen nebeneinander und drehten mir ihre Gesichter zu, als ich reinkam.

»Hallo, Nike.«

»Hallo.«

Kurz herrschte betretenes Schweigen, dann platzte Isa heraus: »Gestern bin ich im Internet auf ein Werbevideo für Bratwürste gestoßen. Warst du das etwa?«

Jetzt wurde ich etwas rot. »Ja … das kann sein.« Ich nahm die Schüssel Salat von meinem Vater entgegen, tat mir schnell auf und schob ein leises »… vegane Bratwürste« hinterher.

»Dann arbeitest du nebenher ja schon richtig?« Meike sah mich ungläubig an.

»Wenn ich ein paar kleine Jobs habe, klar, dann arbeite ich auch richtig. Schließlich will ich jetzt und in Zukunft unabhängig leben können und mich nicht bis ich dreißig bin von meinen Eltern finanzieren lassen.«

Diese kleine Spitze konnte ich mir nicht verkneifen.

Meike schluckte. Isa stieß sie in die Seite.

»Wegen Weihnachten … ich glaube, ich habe da vorschnell geplappert. Tut mir leid«, sagte sie. »Du machst deinen Weg schon.«

Ich hielt kurz die Luft an. Dann sagte ich: »Und mir tut es leid, dass ich etwas Gemeines zu dir gesagt habe. Das ist eigentlich nicht meine Art und ich mag es auch nicht, wenn ich doch mal so bin.«

Wir seufzten gleichzeitig und mussten lachen.

Danach schmeckten die Tortellini noch besser.

3.

Die nächsten zwei Tage nutzten Linda und ich zum Proben.

»Ich liebe dich wie mich selbst, Amalia.«

»Wenn du mich liebst, kannst du mir wohl eine Bitte abschlagen?«

»Keine, keine! Wenn sie nicht mehr ist als mein Leben.«

»Oh, wenn es das ist. Eine Bitte, die du so leicht, so gern erfüllen wirst – hasse mich!«

Die Worte flossen durch mich durch, aber Linda hatte noch ab und an große Texthänger.

»Mist!«, fluchte sie, als sie erneut an derselben Stelle hängen blieb. »Wieso können wir zur Abwechslung nicht Musical-Szenen spielen?«

Denn da waren wir beide mal wieder recht verschieden: Ich liebe das klassische Schauspiel und das liegt mir auch. Linda hingegen hat am meisten Spaß beim Singen und Tanzen, besonders vor der Kamera und hat manchmal Schwierigkeiten, sich viel Text kurzfristig auf einmal zu merken.

Das Spaghetti-Wasser kochte über und ich rannte zum Herd.

»Machen wir eine Pause?«

»Ja, ist gut.«

Etwas frustriert ließ Linda sich auf einen Stuhl in unserer Küche fallen. Koko kam angelaufen und legte sich wie zum Trost auf ihre Füße.

Ich servierte uns zwei dampfende Teller Nudeln und stellte ein Glas Bärlauch-Pesto dazu, das mein Vater selbst gemacht hatte.

Linda legte eine Hand auf meine. »Danke, Nike.« Sie sah mir in die Augen. »Ich habe wirklich ein Riesenglück mit dir.«

Ich grinste und legte meine zweite Hand auf ihre. »Das klingt mal wieder wie bei einem alten Ehepaar.«

»Ein bisschen ist es auch so, oder?« Linda kicherte. »Mit dir könnte ich schon alt werden.«

Dann begannen wir zu essen. Nachdem wir die ersten Gabeln gekaut hatten, hielt Linda kurz inne.

»Jasper hat neulich gefragt, wie es dir so geht.«

Ich schwieg.

»Ich habe ihn auch kein einziges Mal mit Selma gesehen, außer auf der Party. Meinst du nicht, ihr solltet vielleicht doch endlich mal miteinander reden?«

Ich stöhnte, auch wenn ich wusste, dass sie nur das aussprach, was ich nicht wahrhaben wollte. Ich schämte mich dafür, dass ich so feige war. Meine Wut war bereits seit Wochen verraucht, meine Trauer war geblieben. Und dass ich mich um sie nicht kümmerte, daran war ich ganz allein schuld. Ich wickelte Spaghetti um meine Gabel.

»Ja … wenn sich doch mal die Gelegenheit ergibt … vielleicht.«

Die nächsten Tage vergingen schnell. Ich war viel in der Schule, probte mit Linda, tanzte mit Solveig und ging Selma aus dem Weg. Ein einziges Mal musste ich mit ihr zusammen fechten. Voller Wut drängte ich sie in die Ecke.

»Holla! Was ist denn bei dir kaputt?«, zischte sie und richtete ihre dunklen Locken. »Das gehört aber nicht zur Choreografie.«

Ich ließ nur meine Waffe sinken, drehte mich um und stolzierte davon. Völlig irrational, gemein und so, wie ich eigentlich niemals sein wollte.

Und ich traf mich endlich mal wieder mit Cora und Helene. Am Anfang war es etwas komisch, als sie zu mir in die Wohnung kamen und sich schüchtern umsahen. Zu lange hatten wir uns nicht mehr richtig gesehen. Eine Zeit, in der ich mich bewusst nicht bei ihnen gemeldet hatte und das schlechte Gewissen in mir tragen musste. Linda hatte an diesem Abend einen Service-Job, aber Koko war da. Und Koko brach das Eis, indem er angerannt kam und sich ausgiebig von Helene streicheln ließ.

»So ein süßer Hund!«, rief sie und schob ihre Brille zurück auf die Nase. »Ich wollte als Kind immer einen, aber meine Mutter hat es nicht erlaubt.«

Wir gingen in mein Zimmer und Koko folgte uns. Cora hatte jede Menge Chips und Schokolade dabei und ich kramte nach der DVD, die sie mir zum Geburtstag geschenkt hatten.

Als wir uns zu dritt auf mein Bett gesetzt und den Laptop aufgebaut hatten, redeten wir doch noch ein bisschen über die letzten Monate. Ich erzählte von meinem neuen

Leben. Cora erzählte von ihren nervigen Eltern. Helene erzählte von ihrer Ausbildung zur Vermessungstechnikerin, die ihr doch mehr Spaß machte als gedacht.

Es war gut, dass wir uns so lange nicht gesehen hatten. Endlich hatten wir uns etwas zu berichten. Wichtige Dinge zu erzählen, die wir miteinander teilen konnten.

Ich seufzte. Merkte, dass ich die beiden doch ein bisschen vermisst hatte.

»Schön, euch hier zu haben!«, sagte ich. Dann drückte ich auf Play. Und beschloss, dass ich zukünftig ein Stück meines neuen Lebens auch den beiden widmen wollte.

4.

In der Woche vor unserer Prüfung war die Premiere. Zum ersten Mal dachte ich daran, dass Jasper ab dann nicht mehr an unserer Schule sein würde. Wieso hatte ich bisher noch keinen Gedanken daran verschwendet? Mir wurde klar, wie bald ich mit ihm reden musste.

Sicher sahen wir uns noch bei unserer Theatergruppe. Er hatte nur eine sehr kleine Rolle für das aktuelle Stück übernommen, weil er mit seinem Abschluss beschäftigt war, aber zu den Generalproben musste er spätestens kommen. Und dann? Vielleicht ging er in eine andere Stadt? Bekam ein Engagement ganz woanders?

Ich stand mit Linda in dem Foyer vor der Bühne und grübelte. Immer mehr Leute strömten herein. Eltern, Familien, Freunde, andere Leute aus unserer Schule. Draußen war es bereits dämmrig. Alle waren gespannt. Von den diesjährigen Absolventinnen und Absolventen hingen große Porträtaufnahmen samt kleiner Vita und Referenzen an einer Wand. Mein Blick blieb an dem Foto von Jasper hängen. Die Haare etwas zerzaust, leuchtende Augen, ein feines Lächeln. Schnell sah ich weg.

»Aha!«, rief Linda, die meinen Blick bemerkt hatte, doch zum Glück kommentierte sie nicht weiter.

»Wann geht's denn endlich los?« Ungeduldig sah sie auf ihre Armbanduhr und trat von einem Bein aufs andere. »Ich hole uns mal etwas Leckeres zu trinken.«

Hinter der provisorischen Bar standen einige Schülerinnen aus dem vierten Semester und verkauften Snacks und Getränke.

Linda balancierte zwei Gläser Weißwein zu mir herüber.

»Im Theater trinkt man doch immer Wein.«

Und dann wurden die Türen geöffnet. Die Menge versammelte sich vor dem Eingang und schob sich träge vorwärts.

Linda sah mich herausfordernd an. »Erste Reihe?«

Ich atmete tief durch. »Okay.«

Das Stück gefiel mir. Es handelte von einem gewieften Venezianer, der sich als todkrank ausgibt, damit sich alle um ihn bemühen, in dem Glauben, seinen Reichtum zu erben.

Auch Jasper spielte einen der Erbschleicher. Das Stück war sehr komödiantisch aufgezogen, manchmal fast zu aufgesetzt, aber alles in allem doch sehr lustig. Die Kostüme, das Bühnenbild, sie hatten sich mit dem Drumherum viel Mühe gegeben.

Einmal stand Jasper ganz alleine auf der Bühne, während er darauf wartete, in Volpones Krankenzimmer vorgelassen zu werden, und hielt einen Monolog. Als er mich in der ersten Reihe erblickte, stockte er kurz. Seine Augen blieben an mir hängen und es entstand eine Pause. Dann hatte er sich wieder gefangen und stolperte in seinen Text zurück.

Mein Herz klopfte. Ich krallte mich in die Holzlehnen. Ab dem Punkt hatte ich das Gefühl, er spiele nur noch für mich. Ständig sah er zu mir herüber. Und als er Volpone eine Art Liebeserklärung zusäuselte, da blickte er mich an.

Da war es wieder, mein Wunschdenken. Ich würde nicht noch mal darauf reinfallen. Er spielte eine Rolle. Was dachte ich mir eigentlich?

Und dann, nachdem ich den Gedanken an Jasper, so gut es ging, abgelegt hatte, geriet ich endlich in den Theaterfluss, den ich sonst vom Zusehen kannte.

Das Stück dauerte über zwei Stunden, in der Mitte gab es eine kleine Umbaupause. In der liefen Linda und ich die Porträts des sechsten Semesters ab. Ich kannte alle vom Sehen, die meisten mit Namen, aber gesprochen hatte ich mit den wenigsten. Die Schule war klein, man kannte sich.

Wir lasen die Referenzen. Alle listeten die schulinternen Stücke auf, mit Namen der Rolle. Viele hatten zusätzlich in anderen Theaterproduktionen oder auch Filmen mitgewirkt, zwei, drei Kinofilme kannte ich sogar.

Auch bei Jasper standen einige Filme, unter anderem der, bei dem ich Komparsin war, obwohl er noch nicht im Fernsehen gezeigt worden war. Und drei Stücke aus unserer Theatergruppe.

Ein Glöckchen ertönte und wir wurden zurück in den Saal gelotst. Der Platz rechts neben mir, der eben noch leer war, wurde nun besetzt. Im Dämmerlicht erkannte ich erst nach und nach, dass es Selma war.

Ich musterte sie unverhohlen. Als sie meinen Blick bemerkte, zischte sie ein »Hi« zu mir rüber.

»Hallo«, entgegnete ich.

»Wie war die erste Hälfte? Ist Jasper gut?«

»Ja, ganz prima«, erwiderte ich gepresst. Meine Laune war vom einen Moment auf den anderen ganz nach unten gesunken.

Der Vorhang wurde wieder zur Seite geschoben. Ironischerweise stand Jasper allein auf der Bühne und hielt einen kurzen Monolog an das Publikum gerichtet. Als er mich wieder ansah und dann Selma neben mir, sprangen seine Augen kurz irritiert hin und her. Ich konnte nicht genau erkennen, an wem sie letztlich hängen blieben, denn ich schloss meine Lider, um mich der Demütigung nicht hinzugeben. Erst als ich eine zweite Stimme hörte, sah ich wieder hin. Ab dann war ich mir sicher: Jedes Mal, wenn Jasper seinen Kopf in meine Richtung drehte, blickte er eigentlich Selma an.

5.

Nach dem Stück blieben alle anderen aus meiner Schule noch im Innenhof und warteten auf die Absolventen.

»Hey«, rief Yusra uns zu. Sie stand neben Solveig und Pedro an eine Fensterbank gelehnt und pikte mit der Gabel in eine Schüssel, »wir haben Avocados.«

»Ich weiß nicht …«, raunte ich Linda zu und sah mich um. Selma konnte ich nicht sehen. Ob sie Jasper beim Bühneneingang abholte?

»Ach komm!«, entgegnete sie. »Lass dir das nicht kaputt machen.«

Wir schlenderten rüber und begrüßten die anderen.

»Und?«, fragte Solveig mich. »Meinst du, wir sollten die Fechtchoreo morgen noch mal üben?«

Ich ließ mich auf das Geplauder um unsere Prüfungen und die Aufführung eben ein und stibitzte mir ab und zu ein Stück Avocado mit Tomate.

Als ein Schwung der Schauspielerinnen rauskam, jubelten alle. Die Männer fehlten noch. Doch es dauerte keine fünf Minuten, bis sie lachend auf den Hof liefen. Nur Jasper schlenderte einen Meter hinter ihnen und sah nachdenklich aus. Selma war nicht dabei. Er blickte sich suchend um, schnell drehte ich meinen Kopf weg, nach mir hielt er sicher nicht Ausschau. Doch dann hörte ich Schritte, die zielstrebig auf mich zukamen. Hastig fing ich mit Pedro ein Gespräch über *Die Räuber* an, als mich jemand am Arm tippte.

Ich drehte mich um. »Jasper.«

Er umarmte mich fest und vor allen anderen. Yusra blickte uns etwas verwundert an. Obwohl mein Kopf mir sagte, dass ich mich von ihm lösen musste, ließ mein Herz es nicht zu.

Irgendwann lockerten sich seine Arme. Er beachtete die anderen gar nicht. »Lauf nicht weg«, sagte er leise. Und dann: »Gehen wir kurz spazieren?«

Als ich nichts sagte, fügte er ein eindringliches »Bitte!« hinzu.

Linda stieß mich unauffällig mit dem Fuß an. Ich schüttelte meine Starre ab und sagte »Bis gleich« zu den anderen. Dann verließen wir nebeneinander die Hinterhöfe und traten auf die Straße.

Die ersten zehn Minuten gingen wir schweigend nebeneinanderher. Autos rauschten in der Abenddämmerung vorbei, Menschen mit Eis liefen auf dem Bürgersteig herum. Wir bogen in eine kleine Straße ab. Jasper steuerte auf einen Spielplatz zu. Die Schaukeln schwangen im warmen Wind und ich lief in ihre Richtung. Jasper folgte mir und setzte sich neben mich.

Ich wusste nicht, was ich sagen sollte, nicht, was ich fühlte. Deshalb begann ich mit einem für mich untypisch fordernden: »Also?!«

Jasper drehte sich mit der Schaukel ein wenig ein.

»Nike …«, er seufzte, »… das, was du bei Selma …«

In meinem Hals stieg ein Kloß hoch und ich warf schnell ein »Du musst nicht darüber sprechen« dazwischen.

»Aber ich glaube, es ist wichtig, dass ich dir etwas erzähle.«

Wie glücklich sie waren? Dass unser Kuss nur Spaß war und keine Bedeutung hatte? Dass ich wohl alles missverstanden hatte?

»Nein«, sagte ich jetzt weniger scharf, »glaub mir, ich will aber nichts darüber hören.«

Er räusperte sich. »Okay«, gab er sich ergeben, »dann anders. Ganz egal, was du denkst, ganz egal, ob du willst oder nicht: Ich vermisse dich. Sehr. Und ich wünsche mir nichts so sehr, wie dass wir wieder Freunde sind.«

Ich schluckte.

»Wenn du sagst, das geht für dich nicht, dann ist das so. Dann muss ich damit leben. Aber seitdem wir keinen Kontakt mehr haben, denke ich darüber nach, was mir eigentlich gerade fehlt im Leben. Du bist es.«

Ich schaukelte schweigend hin und her. Er wollte mich. Als Freundin. Nur als Freundin. Konnte ich damit umgehen? Ich wusste es nicht. Wie musste es in seiner Position sein? Verliebt in Selma, wissend, dass es mir etwas ausmachte. Und trotzdem schien ich ihm so wichtig zu sein, dass er unsere beginnende Freundschaft fortführen wollte. Wenn er sich mit Selma traf, dachte er daran, dass sie beide der Grund für meinen Rückzug waren? Lag er abends grübelnd im Bett und fragte sich, wo mein Problem lag?

Und wieso ausgerechnet wollte er mir von Selma erzählen? Sollte ich so eine Freundin sein, mit der man seine Beziehungsprobleme besprach? Denn *das* würde ich nicht können.

»Nike?«

Ich zuckte zusammen und sah ihm instinktiv in die Augen. Ich konnte nicht Nein sagen. Ich würde ihn vermissen, viel, viel, viel zu sehr. Ich musste mich daran gewöhnen. Daran, ihm nie so begegnen zu können, wie ich es mir wünschte.

»Ja«, entgegnete ich verhalten. »Ich wünsche mir auch, dass wir wieder Freunde werden.«

Jasper lächelte. Und doch sah er noch nicht ganz zufrieden aus, aber er sagte nicht mehr dazu.

»Okay«, flüsterte er und nahm kurz meine Hand, »okay.«

6.

Ich lernte, mit der neuen Situation umzugehen. Ich war froh, dass Jasper in mein Leben zurückgekehrt war. Jetzt, wo die Abschlussauftritte alle hinter ihm lagen, kam er auch regelmäßig in unsere Theatergruppe. Sylvia freute sich, ihn wiederzusehen und drückte ihn fest.

»Mein Schmuckstück«, sagte sie und dann ging die Probe los. Die Rollen waren vergeben. Jasper hatte nicht viel Text zu lernen, doch er musste gewaltig aufholen. Unsere Premiere rückte immer näher.

Nach der Probe gingen wir oft noch in den Park oder etwas trinken. Jetzt, wo Jasper wieder dabei war, machte es auch mir noch einmal mehr Spaß als zuvor. Jasper hatte diese Aura um sich, diese wunderschöne Ausstrahlung, die mich beruhigte, die mich glücklich machte und die trotzdem immer ein kleines Ziehen in der Herzgegend mit sich brachte.

Überhaupt sahen wir uns jetzt ziemlich oft. Nach dem Theater, am Wochenende zum Kochen, auf Partys der anderen. Manchmal fragte ich mich, wann er noch Selma treffen konnte, wenn wir schon so viel Zeit miteinander verbrachten. Doch darüber sprachen wir nicht. Das tat ich höchstens abends in der Küche mit Linda.

Jasper kam auch zu meiner Schauspielprüfung. Nachdem ich mich umgezogen hatte, wartete er auf mich.

»Fantastisch!«, rief er begeistert und gestikulierte wild mit den Händen. »Noch nie habe ich eine so wunderbare Amalia beobachtet! Und glaub mir, ich habe schon viele diese Rolle spielen sehen.«

Er legte den Arm um mich, es kribbelte, aber ich verbot mir das Gefühl und beschloss, mich mit dem zufriedenzugeben, was ich bekommen konnte. Dann gingen wir Eis essen.

Wir setzten uns an einen der kleinen Tische in der Sonne und ich durfte mir alles aussuchen, was ich mir wünschte. Zur Feier des Tages wollte er mich einladen. Ich entschied mich für einen großen Spaghettieis-Becher und eine hausgemachte Zitronenlimonade.

»Wie laufen die Bewerbungen?«, fragte ich und versenkte den Löffel in dem kalten Eis. Erst letztes Wochenende hatte wir zusammen bei ihm in der WG gesessen: Ich hatte meinen Räubertext wieder und wieder gelernt, Jasper sich bei Agenturen und an Theatern beworben.

»Es geht«, entgegnete er und schob sich grünes Eis in den Mund, »ist ja alles noch ganz am Anfang. Ich habe mich jetzt erst mal arbeitssuchend gemeldet, damit ich finanziell durchkomme. Aber nächste Woche habe ich tatsächlich zwei Vorsprechen.«

Ich blickte ihn überrascht an. Das ging aber schnell.

»Toll«, beeilte ich mich zu sagen und täuschte mehr Freude vor als da war. »Und wo?«

»Eins hier in der Stadt für ein kleines Theaterprojekt

zum Thema Rassismus, mit dem wir dann an Schulen gehen würden. Und ein Dinnertheater, das in Sachsen herumtourt.«

»Das heißt … wenn das klappt, würdest du wegziehen?« Die Worte lösten eine Schwermut in mir aus und plötzlich war mir der Appetit vergangen.

»Na ja …«, entgegnete er gedehnt, »Dinnertheater wäre jetzt nicht meine erste Wahl. Ich versuche schon nach Möglichkeit, irgendwo ein richtiges Engagement zu bekommen. Aber das kleine Bildungsprojekt hier in der Stadt, das wäre für den Übergang super. Und dann … ja, dann muss ich gucken, welche Möglichkeiten ich habe und wohin ich dafür gehen werde.«

Ich dachte an die über zwei Jahre, die ich noch in der Ausbildung verbringen würde. Eine tröstliche Vorstellung. Dann würde auch ich mich auf den unsicheren Weg der Jobsuche begeben müssen. Ich freute mich für Jasper, der schon nach wenigen Tagen zwei Vorsprechen hatte. Insgeheim hoffte ich, dass er noch eine Weile in der Stadt leben würde.

Als hätte er meine Gedanken gelesen, meinte er: »Ehrlich gesagt hoffe ich, hierzubleiben. Auch wegen dir.«

Das war wieder ein Moment, der mich freute. Und mich vor die Herausforderung stellte, das Gefühl nicht zu sehr an mich heranzulassen.

Schnell wechselte ich das Thema: »Was meinst du, schaffen wir bis zur Premiere nächste Woche noch, das Bühnenbild fertig zu kriegen?«

Zum Glück ging er drauf ein. Obwohl ich es nicht wollte, war ich erleichtert. Er versuchte hierzubleiben. Mein Appetit auf Eis war zurückgekehrt.

Die nächsten Tage arbeiteten wir viel mit der Theatergruppe am Bühnenbild. Oftmals blieben Jasper und ich am längsten und malten bis tief in die Nacht mit großen Pinseln Bilder auf dicke Tapetenrollen. Wir hörten dabei ruhige Musik. Ab und zu sahen wir uns an und lächelten. Dann malten wir weiter.

An einem Abend sagte Jasper: »Ich möchte mich für die Ausbildung als Bühnenmaler bewerben.«

»Und das Schauspiel?« Ich hielt kurz inne und ein blauer Klecks Farbe tropfte auf den Boden.

»Na ja«, Jasper malte einen großen gelben Streifen auf das Papier, »ich liebe das Theater. Ich möchte irgendwie dort arbeiten. Und je nachdem, wie es so läuft, wäre es toll, auch die Möglichkeit zu haben, beim Bühnenbild dabei zu sein. Wenn es mal mit Theater und Film nicht klappt, habe ich immer noch eine weitere Möglichkeit.«

Ich dachte kurz nach und nickte.

»Und je nachdem wie es läuft, kann ich ja auch als Schauspieler arbeiten.«

Wir malten weiter. Ich freute mich, dass er seine unausgegorenen Gedanken mit mir teilte.

Plötzlich sagte er: »Komm, wir machen morgen weiter. Treffen wir uns zum Frühstück?«

Ich schüttelte den Kopf. »Schade, ich kann nicht. Hab 'nen Werbejob. Für Antipickelcreme.« Ich grinste. »Natürlich bin ich der Nachher-Effekt.«

7.

Dann war der Tag unserer Premiere. Ein Samstag. Wir trafen uns schon früh am Nachmittag mit der ganzen Gruppe in dem Theaterhaus, in dem wir spielen würden. Ich war aufgeregt. Seit langer Zeit mal wieder ein ganzes Stück. Meine Eltern würden kommen, auch Cora und Helene hatten zugesagt. Und natürlich Linda.

Sylvia tanzte zwischen uns hindurch. Ihr langer Mantel schleifte über den Boden, während sie uns Anweisungen zurief.

»Der Atomreaktor hier rüber. Die vertrockneten Bäume nach vorne. Wo sind schon wieder die Teppiche hin?!«

Ein leichtes Stressgefühl lag im Raum, aber ein positives, konstruktives. Wir alle waren euphorisch, zogen an einem Strang. Zusammen hatten wir ein großes Buffet aufgebaut, das uns über den Tag bringen würde. Sylvia lief herüber und griff nach einem Muffin, sah uns kurz zu. Betrachtete uns wie ihre Schäfchen.

Sie hatte sicher wenig geschlafen. Hatte abends bei einer Flasche Rotwein gesessen und war noch einmal alles Wichtige für heute durchgegangen. Hatte sie die Plakate ausgedruckt, die Eintrittskarten schon eingesteckt? Das

Infomaterial über *Fukushima* hatte sie bereits ins Theaterhaus gebracht. Die Auberginenröllchen durfte sie morgen früh nicht im Kühlschrank vergessen! Würde Jojo ihren Text vollständig können? Grübelnd hatte sie bestimmt darüber nachgedacht, ob Jojo eine kluge Besetzung für die Hauptrolle gewesen war. Doch Jojo war schon so lange dabei. Und sie vertraute ihr. Dann hatte Sylvie sich noch ein Glas Wein eingeschenkt und aus dem Fenster gestarrt, an den nächsten Tag denkend.

Sylvia biss noch einmal in den Muffin. Dann klatschte sie kurz in die Hände. »Eine halbe Stunde Pause!«

Alle stürzten sich auf das Essen. Am leckersten fand ich den Hirsesalat. Jasper und ich hatten ihn gestern Abend noch zusammen gemacht, ehe wir auf seinem Sofa eingeschlafen waren.

Etwa zwei Stunden vor Beginn machten wir uns fertig, zogen die Kostüme an, schminkten uns gegenseitig, machten Lockerungs- und Sprechübungen.

»Aaaeeeiiiooouuu.« Ich lachte. Es sah zu lustig aus, wie Jasper mit seinem kreideweiß geschminkten Gesicht Vokale formte.

»Freust du dich?«, fragte ich ihn.

»Ja! Und du?« Er stieg in eine Latzhose und zog einen Arbeiterhelm auf.

»Ich auch! Meine Eltern kommen und Linda und zwei alte Freundinnen.«

Kurz zögerte ich. Bisher hatte ich das Thema so wunderbar vermieden, doch ich musste es wissen. Nicht dass es mich im Stück wie ein Schlag traf. Also fragte ich vorsichtig: »Und … kommt Selma?«

»Nike, Jasper«, tönte Sylvias Stimme zu uns herüber, »könnt ihr schnell aus dem Requisitenraum noch die Stehlampen holen? Die habe ich ganz vergessen.«

Wie sahen uns an. Die Frage stand zwischen uns. Ich reagierte schnell: »Klar!«, rief ich, ohne den Blick von Jasper zu wenden.

Mein Herz klopfte. Jetzt hatte ich doch gefragt und das wohlvermiedene Thema ausgepackt.

Wir warteten, bis wir auf dem Flur waren. Jasper hatte den Schlüssel zum Requisitenraum in der Hand und klimperte leise damit, während wir nebeneinander liefen.

»Nike«, sagte er ruhig, während er aufschloss. Wir schlüpften durch die Tür. »Lässt du mich jetzt endlich erklären?«

»Ich wollte doch nur …«

»… wissen, ob Selma kommt.« Er räusperte sich. »Aber für die Antwort musst du mich kurz reden lassen.«

Ich atmete tief durch. War das der Moment? Ich war jetzt stärker. Ich würde es aushalten.

Er nahm meine Hand und zog mich zu einer Sofagarnitur. Wir setzten uns und sanken in die weichen Polster ein. Meine Hand ließ er trotzdem nicht los.

»Auf deiner Party …«

»Geburtstag oder Einweihung?«

Er lachte: »Du hast recht. Am besten sage ich zu beiden etwas. Also, auf deiner Geburtstagsparty, da war für mich klar, dass es mit uns jetzt richtig losgeht. Nach vorne, nicht zurück. Ich mag dich so gerne, Nike, und ich war einfach glücklich, weil ich das Gefühl hatte, dass es dir auch so geht.«

Ohne es zu bemerken drückte ich seine Hand fester.

»Dann haben wir uns wenig gesehen. Vielleicht war das der Fehler. Und dann bei eurer Einweihungsparty … ich kenne Selma kaum. Sie hat sich ein, zwei Mal in der Schule mit mir unterhalten, immer wenn Tobias in der Nähe war. Sie findet mich irgendwie gut, aber ich glaube, vor allem wollte sie Tobias eifersüchtig machen. Als ich bei eurer Einweihungsparty reinkam, da stand Tobias im Flur und Selma kam mit einem Bier in der Hand aus dem Bad. Ich habe mir nur die Schuhe ausgezogen, mich aufgerichtet, und plötzlich gespürt, wie sie sich an mich drückt. Ich war so perplex, dass ich sie kaum von mir stoßen konnte.« Er strich mir über die Wange. »Und dann … ja, dann bist du ausgerechnet in den zwei Sekunden aufgetaucht, in denen Selma mich geküsst hat.«

»Was?! Aber …« Ich kam mir so unendlich blöd vor. Egoistisch, eifersüchtig und doof.

»Na ja … du bist dann aus der Tür gestürmt. Ich habe Selma angefaucht, aber ihr war das egal. Sie hat nur triumphierend zu Tobias gesehen. Und ich, ich bin dir nachgelaufen. Habe dich eine Stunde draußen gesucht. Und irgendwann bin ich nach Hause gegangen.«

»Ja dann … dann …«, ich schlug mir gegen die Stirn, »du hattest nie Interesse an Selma?«

»Nie!«

»Und bei der Abschlussinszenierung?«

»Da war ich einfach verwirrt, weil ihr plötzlich nebeneinandersaßt. Tobias war hinter euch. Auch erst ab der zweiten Hälfte. Hast du das bemerkt?«

»Nein«, entgegnete ich tonlos.

»Selma spielt da ein ganz komisches Spiel mit Tobias. Ich war lediglich Mittel zum Zweck. Sie weiß nicht, wie viel sie damit für mich kaputt gemacht hat.«

»Aber du hast gesagt, du willst nur Freundschaft!«

»Nein. Du wolltest nicht mit mir über die Sache reden. Und da war ich mir sicher, dass dein Interesse weg ist. Dass du verletzt bist. Und dass ich mich wohl erst mal *nur* mit dir als Freundin zufriedengeben muss.« Er grinste jetzt verschmitzt: »In der Hoffnung, dass das nicht für immer so bleibt.«

Was für ein Missverständnis. Was für ein unfassbares Missverständnis. Ich wankte zwischen Wut auf mich und Erleichterung über die Klärung der ganzen Sache. Letzteres überwog. Mein Bauch wurde leicht, meine Mundwinkel zogen sich nach oben und ein angenehmes Kribbeln durchfloss meinen Körper.

»Ja dann …«, sagte ich.

»Ja dann …«, murmelte er.

Und dann küssten wir uns ein zweites Mal. Ich roch seine frisch gewaschenen Haare, spürte seine weichen Hände auf meinen Wangen, hörte seinen Atem. Er zog mich an sich und vergrub seine Finger in meinem Haar. Ich weiß nicht, wie lange das ging, doch irgendwann klopfte es an der Tür.

»Alles in Ordnung, ihr beiden? Ihr braucht so lange!«, die Tür wurde aufgestoßen. Sylvia stand im Rahmen und sah uns ein wenig verdutzt an.

»Oh.« Dann grinste sie zufrieden. »Na endlich.«

8.

Als wir zurückkamen, sahen die anderen uns interessiert an, manche kicherten. Verlegen stellte ich eine der Lampen auf der Bühne ab. Der Blick in den Spiegel zeigte mir, warum alle so starrten: Mein roter Lippenstift war komplett verwischt, dafür war mein halbes Gesicht mit Jaspers weißer Schminke bedeckt. Ich schaute verstohlen zu ihm hinüber. Um seinen Mund herum hatte sich ein rosa Bereich ausgebreitet, wo sich mein Lippenstift mit seiner Schminke vermischt hatte, und sein Haar stand in alle Richtungen ab. Ich glaube, ich wurde rot. Zum Glück konnte man das unter den hellen Schminkflecken nicht so gut sehen.

Auch Jasper sah jetzt in den Spiegel und zuckte zurück. Er schlenderte zu mir herüber.

»Dann müssen wir es wenigstens niemandem mehr erklären, oder?«, raunte er und küsste mich vor allen anderen ganz sanft auf die verschmierte Nase.

»Ihr beide macht euch jetzt mal frisch!«, ordnete Sylvia an, »und dann wärmen wir uns vernünftig auf.«

Das Glücksgefühl verschwand auch die nächsten Stunden nicht. Es war da, wenn Jasper mir in die Augen sah. Wenn wir die letzten Atemübungen machten und uns alle gegenseitig ausklopften. Es war da, als wir das letzte Stück Kuchen vor Beginn des Stücks aßen, und vor allem war es da, als der Vorhang sich lüftete und er kurz meine Hand drückte.

Ich hatte das Gefühl, dass dies der Abend meines Lebens wurde. Es lief wunderbar. Der Text saß. Wir spielten als Team, wir funktionierten wie ein Organ. Ständig drückte Sylvia am Bühnenrand die Daumen und nickte uns aufmunternd zu. Das Publikum applaudierte heftig, als der Vorhang zur ersten Pause fiel.

»Fantastisch, Leute«, zischte Sylvia, als wir den Atomreaktor abbauten und gegen das Bild eines abgestorbenen Waldes eintauschten. Jasper und ich hatten es gemalt.

»Ihr nehmt das Publikum richtig mit!« Dann nickte sie mir noch einmal zu. »Du spielst besser als je zuvor.«

Ich strahlte.

Dann kam der zweite Teil. Hier hatte ich zwei Monologe. Trotz des starken Scheinwerferlichtes sah ich Linda, meine Eltern, Helene und Cora einträchtig nebeneinander in der zweiten Reihe sitzen. Mein Vater hatte Tränen in den Augen, meine Mutter krallte sich an seinem Arm fest. Linda biss sich auf die Lippe und auch die beiden anderen starrten wie gebannt auf die Bühne. Das war nur ein Sekundeneindruck. Und doch zeigte er mir: Ich war mein Charakter, ich war meine Rolle. Meine Euphorie stieg und stieg und ich hatte mal wieder das Gefühl, gleich abzuheben. Doch ich blieb am Boden. Zum Glück, denn das Spielen machte einfach so viel Spaß!

Der Schlussapplaus war ohrenbetäubend. Ich blinzelte

ins Scheinwerferlicht. Mein Vater war aufgesprungen, Linda tat es ihm gleich und nach und nach der ganze Saal. Jasper drückte meine Hand, und mein Herz explodierte fast. Dann traten wir alle nacheinander nach vorne.

Als ich mich aus der Reihe löste und an den Bühnenrand ging, sah ich einen Moment in den Zuschauerraum. Das Scheinwerferlicht war warm auf meiner Haut, ich musste meine Augen ein wenig zusammenkneifen. Die Bühne zu meinen Füßen bebte unter dem Applaus, der noch einmal aufbrandete. Das war es also, das Leben. Das Leben mit dem Schauspiel, mit meiner Familie, mit meinen Freundinnen. Und das Leben mit Jasper. Ich lächelte und verbeugte mich. Mein rotes Haar fiel mir über die Schultern, als ich mich wieder aufrichtete.

Das war er, mein Moment.

Ich war eine Siegesgöttin.

Schnell verbeugte ich mich ein zweites Mal.

Dann hüpfte ich zurück in die Reihe und ergriff Jaspers Hand.

Er sah mich an. Seine Augen weich, sein Daumen streichelte meinen Handrücken. »Dein Moment«, flüsterte er.

Ich lächelte. »Unser Moment.«

Dieses Werk wurde vermittelt durch die Agentur Brauer

Kolbe, Karolin:
Glücksgefühl
ISBN 978 3 522 50563 5

Einbandgestaltung: formlabor unter Verwendung von Bildern von Shutterstock.com (August_0802; hurricanehank; chindegrao; Hrecheniuk Oleksii; Matusciac Alexandru) und Photocase.de (REHvolution.de; inkje; criene; misterQM)
Innentypografie und Satz: Kadja Gericke
Reproduktion: Medienfabrik GmbH, Stuttgart
Druck und Bindung: CPI Books GmbH, Leck

FSC www.fsc.org
MIX
Papier aus verantwortungsvollen Quellen
FSC® C083411